同一首歌，無盡的唱著

陳福壽

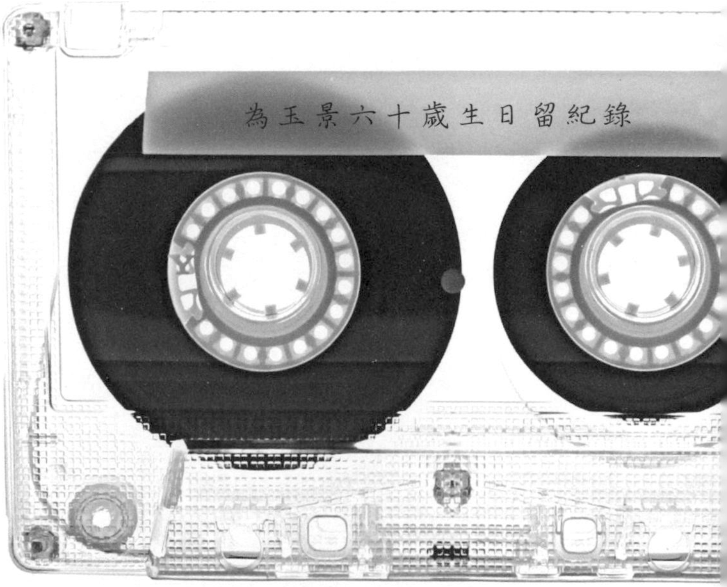

推薦序

每個男人，在他內心深處，都會想要用一種「前所未見、無例可尋」的方式，來「頌揚」另一半，表達世俗化口語難以精準描述的定義，讓她自然的共鳴、深刻的感受、長存的記憶。

陳福壽應屬個中翹楚。

倒不是他展現了什麼石破天驚的驚世駭俗，而是壓根兒都沒有料到，他把原來只想要記錄研究所畢業至今的起居注、生活注、交友注、人際關係注、爭議注、成功注、失敗注、處世注、職場注等等等等人生百態，因著老婆大人時而主角、時而配角的穿梭出現，竟然透過不同時空與事件的組合，交織出屬於他倆相持關照、彼此扶助的特有的一首歌。

儘管絕大部分的記憶場景已經消失盡去，若非相關的當事人也難親炙當時互動的感受。但藉由男女主角一起串起的樂符，透過文字敘述，仍不停的繼續吟唱屬於他倆共同享有的旅程，還唱出閱讀者有若重回現場的快意。

把一首貫穿近半個世紀的個人專屬記錄，包裝成老婆大人的生日壽禮，必是有著他人無法體會的刻骨銘心！否則老婆大人，怎能如內文描述的那樣歷歷在目的鮮活！

佩服你啦，陳福壽！

吳戈卿
（資深媒體人）

序

幫為我寫書的人寫序，恰落人廣告之嫌口實，再者，我一輩子雖是記者，看了老公的快筆，自嘆弗如，意想絕不能露出比拚，不寫其實才是最明智的抉擇。

六月中，和老公及同儕一趟博鰲行，除了和一堆官民討論音樂論壇和音樂會，台北的業務拜現代科技的神奇，也沒少過一個，還幫台北友人共解決三件難題，是半度假，五天也才有半天，本來想說在簡單純樸的南海小島，沉澱了大都會紛擾後，會有清新的心境，也許真正享受一下六十歲的慢活。

但這個話題結果祇是想想就好，這時候反而想到老公的書序問題，是不是有什麼方法或方式可以解決？不是才快速解決了台北他人的三個難題嗎？

我於是起了頭，我們談了一下，有一些內容，大抵我是感激他的細心以及溢美，以及他各篇驚人而細瑣的紀錄，三十篇繁華美景，適合私藏，適合讓讀者細細品味，不必導讀，免有畫虎類犬疑慮，這時靈機一動，如果談話內容成序，不是也正釋放了這多時掛在心上的罣礙嗎？又如果由老公代筆，我簽字認帳，那不就更是美滿了嗎？

主意是不需再討論的，於是有了這個序，而我也不需跟他比文筆，這實在也是他口口聲聲愛我的一種，不亦快哉！

（本文於二〇一六年六月十七日，離開博鰲，在海口美蘭機場候機時，真的由老公抓緊時間歷二十五分鐘完成，你說這不是快筆，什麼是快筆？）

姜玉景

（資深媒體人，現任旺德福娛樂有限公司總經理）

自序

寫《同一首歌，無盡的唱著》，要感謝臉書，它搭起我和蔡詩萍的橋，雖然以前都是報館同事，也同嗜好集郵，另一半也熟稔，卻都鮮少交流，直到他在臉書寫「我該怎麼對妳說，……寫給書煒的四十歲生日情書」系列時，我一時興起，跟著亂入他的每一篇，寫的是給我娘子姜玉景的六十歲生日情書。

以後詩萍結集「回不去了」及「然而有一種愛」系列，寫他和書煒三個家庭的故事，繼續他停了十年的文青生涯，這使我記憶起四十年前也曾是文青，三十七年前曾在台南府城鳳凰城出版社，出版記錄大學生涯散文集《足跡深深》。

後來娘子在我研究所快畢業時，進入我的生命中，至今我們已經在職場上退休，自己當起老闆，從媒體業改到演藝業，人生有了另一個階段，這一段觸動我有填空的慾望，在我還耳聰目明時，趕快記錄研究所以後到現在，和娘子的生活以及職場軌跡，捨棄亂入的六十歲生日情書，改寫「留紀錄」，續三十七年前的單身文青，於是有了這本《同一首歌，無盡的唱著》系列三十篇。

我雖然在媒體業，但一直在業務部門，職場三十幾年，沒人知道我在進報館前，曾獲兩次金獅文學獎，曾是報社特約作家，曾是校刊總編輯，也出過散文集，臉書發表後，過往職場上的故舊都很驚訝，這也是讓我驚訝的事，終於明白媒體力量這般巨大。

《同一首歌，無盡的唱著》系列，談情所在多有，這是文青本事，老文青也必然，但多的是事件及人物的記錄，我是媒體人，在我和娘子職場生涯中遇到的人、事，實在太多，文中有提到的，算是我率性中的隨手拈來，不是太多，也不刻意，但都是有本記錄，如有差池，就算是偶然吧！臉書發表期間有一件，已改正了，再有不同，請大家睜一眼放過。

《同一首歌，無盡的唱著》系列，名稱不刻意雕琢，想著就定了，情境總在寫兩個人命定一起以後，必須有一條軸線畫圓，兩個人除了媒體業共通外，猛回首，音樂竟然也跟隨唱了一輩子，於是以歌為名，就唱了，就率性唱了，常是有些事件觸動，就打開歷史音軌，無盡唱著，何時停歇，已不去注意，總之就是盡興了方止，文長文短何妨，全書三十篇，則是以人生三十而立伊始，過了三十年到耳順，檢視過往紀錄，是否站站準點到達？抑或有什麼遺憾？也許還有時間可以彌補。

三十篇另外一個用意是，出一本現代人看的書，不宜太長，我雖不羈，卻因為數學太好，寫了三十篇就知道已經超過二百頁的舊式稿紙，也是制式菊十六開的二百頁，夠了，該歇了，就，歇了。

談好出書，重審視原文，竟發現我怎麼有辦法那般鉅細靡遺，也發現腦海裡不斷倒出一股股洪流，好像他們都被牽引起來，似乎片刻間又有了另一組三十篇，這是多可怕的事，怕的不是再三十，只怕又三十，如此我家娘子便暴失隱私，我知道她期期以為不可。

另三十也許以後換一個角度寫，專門寫演藝業，這三十幾年來，我們接觸的明星真多，從前是娘子採訪，再大牌的明星，都是克恭克謙，都成好友，娘子記者生涯都已退十年了，偶有瑣雜互動，親切依舊，無人走茶涼感，這也成了我幫娘子成立公司，繼續舊緣的動力。早年娘子承初時主管恩待，各式冷門的、方言的、同業的、國寶級的全都包辦歷練，直到後來她也當主管，大主管加她最熱門的唱片業，簡言之，範圍不脫：歌仔戲、布袋戲、國劇、閩南語劇、唱片、新聞部……等等。

這些採訪常讓娘子全省走透透，歌仔戲除了楊麗花、葉青、黃香蓮、李如麟、許秀年、陳亞蘭，還有屏東的明華園，楊麗花、洪文棟、陳勝福、孫翠鳳和我家都同是一九八三年結婚，採訪忙到相約結婚，也真是奇聞了，葉青年節擲禮，數十年如一日，李如麟是我遠房堂妹，比也是親戚的張帝、張魁還親一些；雲林的黃海岱、黃俊雄、西卿布袋戲，也只有我和娘子南下採訪，黃俊雄菸不離手，兩個小時抽了三包長壽，這一定是金氏世界紀錄，你長這麼大一定第一次聽到。

國劇於我則有些糾結和親切，認識郭小莊因為愛慕她創辦的「雅音小集」，她和娘子早識，大學同一個體育課，我和她同生日，同是華岡第二屆傑出校友，同是基督徒，每年一起作壽，已經是親人了；閩南語唱片輝煌時期，我就帶過葉啟田等歌廳秀用麻袋裝鈔票情事。

新聞部是同業，主播是企業家第二代的最愛，成就了很多美事，本書已約略提及。

以後換一個身分當經紀人，藝人的範疇都做，演唱、代言、主持、嘉賓，無役不與，港台四地、歐美澳非不拘，早年的藝人到眼前的新星，生冷不忌，因為直接接觸，每有不凡故事，隨手數算都有百則，就留待下回分解了。

倒是早一些年的，有些趣味的，想先一吐，例如劉德華有一次來台拍馬桶廣告，我身邊眾多劉太太們，都忽然想念馬桶了，都拜託我幫她們買那個H牌的，而且一定要劉德華先坐過，說是「開光」，這事我真轉告經紀人老闆李安修兄；安修居然手足無措。

「E神」陳奕迅一九九五年得到香港TVB和華星唱片第十四屆「新秀歌唱大賽」冠軍，出道，一九九六年即到台灣加入現任台北經紀人交流協會創會理事長王祥基麾下，立得唱片公司，陳奕迅受過四年正統音樂課程，並已考得英國皇家音樂學院最高業餘八級聲樂證書，歌唱不勞訓練，王董帶他最大的訓練是和我們爬象山，小伙子當時長壯壯的，謙遜有禮，和我們一樣王式配備，S腰帶、軍用水壺，一樣速度，不敢喊累，王董說他隨我們哥幾個腳步前進，一樣厲害，將來一定有我們在業界翹楚成績，這話才幾年便應驗，E神已被複製出來，緊咬歌神張學友。

十幾年前，王力宏到上海演唱，通關時，海關妹特別多，我們認為追星不分海內外，也不分「朝野」，真替力宏高興，真相卻是她們很認真的執行安檢，每每都要打開力宏的私密貼身衣褲數算，那種鉅細靡遺以及臉上堆疊滿足，真教人開眼界，力宏以前住我家附近，有次我開車送他回家，問他此事，他說考慮準備一些簽名的紙褲，請她們沒收，唉，真是個好孩子。

有一回葛福鴻在上海八萬人體育場辦莫文蔚演唱會，娘子介紹我在台下陪莫媽聽唱，末了，安可曲前，我到後台去看待會兒如何退場？只見公安頭頭對著葛福鴻比手畫腳，我有經驗，知道怎麼回事，莫文蔚才下台，台下還在鼓譟安可，我二話不說，拉著清涼的莫妹妹，不卸妝便飛奔上車，葛福鴻在後面邊跑邊叫！也一路追上車，後台大門一打開，先一步引導車離開，這時觀眾如流水般湧過來，幾十個公安死命擋人，後順利脫開，真是就差一秒，葛福鴻終於明白，她的鴻福齊天，必要我的福壽康寧，才得以保平安。

晚上在黃浦江船上，莫文蔚跟娘子說我的英勇事蹟，我覺得娘子有些得意以及靦腆。

好了，都四個了，不說太多，再說便三天三夜了，本書中其實也記錄了幾個，剛好是在某個事件或環節中出現，請您找一下，沒記錄到的，留下一個三十。

我在書中沒提及我和娘子三十幾年來合作關係的比喻，現在率性補充。我和娘子就像我們年代的客運汽車，我開車，娘子負責剪票或售票，她的工作雖然輕鬆，卻是必須，司機不可能像現在的科技化，自動票務，生在那個年代，自然有當時有的經營模式，她扮演的其實更重要的一層是溫馨的以客為尊，坐車其實不是單純的交通目的，更多一層是每天的人際交流，而剪票員便擔任串接工作，在她關好門，「嗶」的一聲之後，司機便安心的將大家載往下一個目的地。

媒體業是服務業，演藝業亦復如此，想到過去，忙碌而溫馨，但現在，時代的滾輪讓「掌門人」大概只剩下飛機的空服員，地上跑的交通工具，看起來只有疏離和孤獨，和一致性的呆滯乘客，一致性的滑手機。

雙十節是娘子耳順年生日，這本書銜她名給她祝壽，記錄她的人是我，也用我名「福壽」給她祝壽，比慈禧太后一八九七年發行一堆郵票來記錄她同是六十歲生日，要難得些。

本書封底裡還是援引慈禧壽辰初版加蓋大字短距二分，除了同是六十歲生日以外，這張郵票俗稱「翡翠姐」，舉世知名，娘子的採訪對象，從年輕時代就喚她「姜姐」，三十幾年以後晉身「翡翠姐」，也是合宜的事。

「翡翠姐」和知名的紅印花「小壹圓」一樣，都是正式發行郵票，紅印花有據可考新票三十張，舊票一張；「翡翠姐」則存世新票兩張，舊票百餘張，是全世界郵票拍場的最貴客之一，新票真是百年難得一見，身價和國郵至尊「小壹圓」相當，捧在手上真有沉甸甸的滿足感。

目次

在連雲港六十層大樓上，豪邁宣示蘇北最高樓，二〇八米，堆砌完成。

為玉景六十歲生日留紀錄之六

71

只能唱著古代素顏長髮女子的浪漫

為玉景六十歲生日留紀錄之七

81

怎麼奧斯卡就黑白不同調了呢？

為玉景六十歲生日留紀錄之八

89

愛像劉文正，
愛像星期天的早晨，作鹽作光。
為玉景六十歲生日留紀錄之十八

159

一個人，兩個人的
千山以及萬水，不停歇。
為玉景六十歲生日留紀錄之十九

165

你的身高，我的身高，
都是最完美的比例，以及高挑。
為玉景六十歲生日留紀錄之二十

171

人生初始那一塊，自在，
毀在一個算術老師手上，不能忘，不原諒。
為玉景六十歲生日留紀錄之二十四

201

四獸山不起眼的鳶尾花，在四月團結起來，以後它將進入
普羅旺斯，成為藍紫色沐浴乳，吐著粉粉，淡香味。
為玉景六十歲生日留紀錄之二十五

209

唱在暌違九年的家鄉，台北市信義區，親炙一〇一
的輝煌煙火，清晰記錄著這幾年的繁華，以及秀麗。
為玉景六十歲生日留紀錄之二十六

217

遙遠的中國，龍的傳人，不斷在方寸間，記錄。

為玉景六十歲生日留紀錄之三十

243

同一首歌，
無盡的唱著

唱在每一個春天，都是為妳寫情書最好的季節

為玉景六十歲生日留紀錄之一

每一個春天，都是為妳寫情書最好的季節，似乎是每一個青少年、青少女在人生的長河上，文雅的示愛，固定的歷程。

總是寫情書也有相當歷史了，在小小時候，傳字條，私密的字條，給心儀的女生，第一次，小學一年級，用注音符號，傳給板橋藝術學校旁，教師研習會附屬實驗國小，班上的沈宗慧，到現在已經五十五年，這時，她的容顏仍然留在當年，清秀的模樣。

以後，長大一些，陸陸續續讀了四所小學，又傳了很多字條，這些字條後來從城市

帶到鄉村，變成一種流行，其實說穿了就是情書的一種，當年長大一些，因為需要抄襲名人名句，顯示大丈夫應如是，反而很小就讀了超齡的書，當然當年不會覺得，只知道這樣子，應該可以打動生理上比男生早熟的女生，現在想想，只恨韶光易逝，當年沒有任何煩惱，只有一心一意的青澀愛戀國度，很自認為是大人的，真是一種美。

我會寫文章，八成和情書脫離不了干係，不管是寫的讀的，高中以前，我從沒投過稿經驗，但總有伯樂導師，姓趙，那個宋朝皇姓，編入百家姓第一名的趙老師，了解我的中文程度，了解我對古文涉獵之豐遠超過他，了解我如果寫情書，一定會是個禍害，他出的作文題目，從來就沒有寫情書這一題，而他居然很狂妄的說出，全台灣中文程度最好的人是他，再來就是我了，真是說的不是太有道理。

上了大學，空了，閒了，功課難了，商學院都是原文書，總是在看了大量原文書後，喜歡看看古中文，是調劑吧，但真正也會掉入時空情境中，於是開始嘗試寫一些可以發洩或讚嘆的文辭，就這樣丟在四、五個報刊，一一發表出來，就這樣，好像就被同學稱為文青了。

一九七六年春我大二；當了大學集郵社社長、也反差的參加社會服務隊。之後寫社會服務隊在雲林縣口湖鄉湖口村，連得救國團全國金獅獎兩次：一九七六年十月二等獎、一九七七年三月三等獎。

沒想到必須撰寫的工作報告，恣意妄為，並且把情書暗藏在文章中，都得救國團六十萬參與青年的金獅文學獎，而且都排前三名，這時中華日報載我文章，但我卻意外成為自立晚報特約作家。

第二次領獎時主評司馬中原說：你又來了，連續冬夏都得金獅獎，亙古以來，你是第一個。於是我幫當時雲林縣長許文志打了廣告，並且將榮耀算他頭上，我說：「在台灣最貧瘠的地表上，雲林縣口湖鄉湖口村，幾乎與世隔絕的平原地，第一支電話是許文志縣長裝的，花了二十萬元，（因為必須搭設二十或四十根電桿）可以在當地買一戶房。」因為事實精彩，寫的人就像爬順竿一樣，很容易就爬到竿頂。

華岡社會服務隊從此成名，指導老師焦仁和（前海基會副董事長，時任訓導長）後來再忙都會親臨視察華岡社會服務隊服務地點，引發其他社會服務隊閒語，這是後話。

回到高中階段，我高中念彰化高中，是明星升學高中，我卻有一些機會和天賦，把很大的精力放在體育，當然也有好成績，當時百米跑十秒九，平了學長顧英俊紀錄，同是當時彰化跑最快的男人。

至於感情生活，高中因為是和尚學校，縱使文武全才，傳播到他校也有些難度，但我知道在彰中圍籬外，有非常多女生對我除了好奇，應該也有些好感，祇是印象中鮮有互動。

有件事則是非常確定的，有一個同梯但念彰工綽號「黑番」的同學，對我芳鄰唸彰商也是田徑隊女子非常瘋狂，求我幫忙介紹，我極力促成，但發現女子有些躊躇，反而藉故親近我，至此我知道我其實真的有些女人緣的，雖然我跟她並不來電。

高三臨耶誕節前夕，回了些給寄來卡片老友，給「黑番」的賀卡為示友誼堅貞，藉東漢樂府詩「上邪篇」後段曰：

冬雷震震，夏雨雪，天地合，乃敢與君絕。

他跑來興師問罪，大意是幹嘛介紹女子給他，又反悔藉端「與他絕」？

本篇其實是描寫男女愛情堅固，我用來重述友情堅貞，沒想到彰工學生也是第一志願考進去的，卻衹有這一點點漿糊腦袋，對不起，一生氣就沒什麼風度，這事已隔四十三載，不知已決裂老友平安否？中文程度好些否？

進大學後開始有一段遠距感情，回味彰化舊地的溫柔，但終是典型遠距，終不敵，記得是大一暑假上完成功嶺後沒好久，真的已然「遠距」，更大的理由是她無法等我五年，都什麼年代了？真是很爛的理由，然而她真的很快結婚了，她說的是真話，只是對那個搶我女人的小王八羔子，我居然不是很生氣，而對她最大的懲罰，也衹是將該段期間寄給她的情書以及集郵首日實寄封要回，那小王八羔子定然程度不夠，不配看我的情書，或者我怕他因為忌妒，燒了我曾有的愛情紀錄，那刻骨銘心的情書，至今仍留。

才不是很久，我開始和同校也是服務隊女生約會，我大她整整一歲，衹維持一年，是我逃避，迄今我仍找不到我縮頭原因，我在想，也許和前一段感情有一些關聯，對於女生，我也許已築起一道防線而不自知，也許一直有不安定感，而忐忑，或者逃避。

逃避好像不是太久，在同樣的羊圈裡，忘記，又或者忘情，在結束前一段感情後，又展開對社會服務隊另一梯次楊姓女生追求。

這一次很含蓄，因為我大她至少三歲，等於把高中女生，為避免尷尬，我用我已是職業作家的本能，寫了一封情書給她，但一直石沉大海，後來我再寫一篇幾乎一樣的文章發表在報上，然後剪下來放她信箱，結果還是石沉大海，我很不能諒解我具備這麼大能量，卻始終無法羅織一個戀情的建立。

這件事情後來在我研究所二年級時，我的一年級學妹有天忽然沒頭沒腦問我說：「你們倆最近可好？」

她是中文系文藝組的高材生，我的那一封情書因為她和那個國樂組女生同房，她權當翻譯，並且羨慕。

她後來罵我豬頭，怎麼不行動？女生一直沒排拒，祇是矜持，祇是面對這樣一個老師型的男生，一直祇有仰望。

這個時候女生早已經畢業了，當知名歌手去了。

我一直怨這個學妹，她卻問我還有位置嗎？我臉好紅。

我初識我娘子她大二，我們都在學校日報——華夏導報，工讀，當時我有女友，是我的梁姓主管介紹的，又一年，我考上研究所，變成特種工讀生，當時除了編報，也開始和我的又是梁姓主管，撮合兩對實習記者，一對是沈智慧（曾任職台灣日報和立委）和陳姓她的學長；另一對是張姓男生和姜姓女生，對第二對我們很努力，我甚至查出英文系某陳姓「詩人」攻勢凶猛，情詩、餽贈不斷，但從未奏效。

姜姓女生後來卻進入我身分證配偶欄，那欄注定就是要寫那三個字，無論我無意把她推開，無論我多麼無意設計她進入另一個也許更溫柔的世界，她還是在一班上帝已註冊好的班次，在華岡車站轉彎處，華岡車轉進來，對我招手，注定走進我們未來的歷程。

情書，真正的天命情書，就是這個時候開始的，雖然晚了，季節卻對了，總是在最好的春天，一個文青，正在努力而浪漫的寫系列情書。

後記：二〇一六年三月二十三日，洪文棟和楊麗花結婚三十三年，一如我和娘子，也是同一年結婚，也是三十三年，他們是我們的長輩，卻驚傳離婚，得知消息，我和娘子相視而笑，彼此不知道是不是知道我們共同的知道，在臉書看到最近常在宜蘭和楊麗花在一起的林美璱小妹，PO了一張洪文棟已然著裝，白內障痕跡，和阿樂（楊麗花小名）恩愛狀，旁邊還有紀麗如和邱瓈寬大導演，於是一切都明瞭了，美璱說：「洪大哥忍著痛邊安慰楊姐，邊與友人尋求法律途徑討公道！」

我和娘子又迷濛了，但是我們還是相信洪文棟，因為只有他最「一目了然」。

本文 share 美璱和台永拍的洪楊照片，以及三十三年前，我和洪醫師尚未各自娶過門，還在寫情書階段的，楊麗花和姜玉景。（照片請看臉書）

柔軟而淋漓盡致，卻忽然就斷了弦。

為玉景六十歲生日留紀錄之二

二〇一六年三月四日晚上十一點，手機響起，不是電話，是新聞ＡＰＰ：Selina和阿中離婚了。

不能說沒有驚嚇，雖然心揪了一下，卻也馬上佩服小倆口縝密的「公開」。

報紙是報導的主力，電視、網路某種程度是follow報紙的，一九六〇年代戒嚴時期如此，二〇一六年代搖搖欲墜的報紙還是一樣，無它，報紙記者的人數和專業、深度仍延續媒體史上毅力不搖的傳統。

選擇晚上十一點，是大部分報紙一、二輪印刷都已經截稿，記者沒有多餘的時間細訪或擴大面相報導，兩人同時發表聲明，都謙微，把這個應該要翻天覆地，「怎可如此」的新聞，只能順著他倆的聲明，再快速蒐羅過往蛛絲紀錄，猜測應該是「這樣」才那樣，才離婚啦！

「這樣」歸納有四，報載圈內人推敲 Selina 和阿中的婚姻，最後畫下句點，可能跟阿中外遇、性事不和、阿中和任爸關係不佳，以及他和 Ella、Hebe 不睦，這四大原因導致。

這四大原因沒有一項是直接證據，都是推論，公眾人物很可憐，身為律師，他其實也很無奈，法律上他沒有錯，情理上他也忒謙，只因為 Selina 的粉絲太多，又曾是重度受傷的明星，粉絲不會感念他，曾經在任爸理性自主提出接受退婚後，仍毅然選擇一肩舉起 Selina，就像他為愛舉起了全世界，粉絲情遷王子公主一夕幻滅，多數苗頭會指向一定是他有不對，未來恐怕還會有更多的言論出來，現在網路這麼發達，Selina 海內外幾千萬微博鐵粉們，請激情一下就好，你們愛 Selina 自然多於阿中，但請大家冷靜想一想，兩人的決定一定是他們覺得最好的結果，一句惡言都沒有，我們愛她或他們，尊重他們的決定，就是最好的祝福。

十五年前，當S.H.E組少女團體，他們來自不同的環境，都不是比賽第一名的歌手，華研唱片老闆呂燕清眼光獨到，當時市場沒有三個人的女子團體，一九九九年的九二一大地震又重創台灣，隔年阿扁上台，台灣政權首度更替，阿扁延續當台北市長理念，極力編織台灣的快樂溫度，呂老闆認為造就一個快樂團體，說不定是當時社會最需要的，於是有了S.H.E，女生團體，過幾年，又有中文名的「飛輪海」男生團體。這兩個團體為華研帶進或者是外匯，幾十億，真是快樂！

S.H.E伊始，三張小白紙，三隻小麻雀，居於長久手帕私誼，華研老闆娘拜託我娘子當她們的老師，經常幫她們仨上課，就像帶自己的女兒一樣，當她知道多災難的Selina和阿中離婚事，和我一樣，也許我們都把她們當女兒了，自然多一分不捨。

張承中我們不是太熟悉，倒是他爸爸張世良曾任立委，是我彰化傑出人才，對他自然多一分親切。和阿中首度見面，是我還當中國時報廣告部總經理時，有一次參訪璞園建設，老闆李忠恕趕來，說他和我的老闆蔡衍明，也是當天約吃飯，他先在璞園北投工地和我們吃外燴，隨後趕到旺老闆場，約我第二攤再好好聚，並且會介紹一個和我有關的人認識。

這個人就是張承中，見面第一印象，謙謙君子，和電視上那個有情有義的漢子，更年輕些，和我有關除了是老家彰化人以外，是Selina的老公，勉強算，因為我也是華研關係企業的股東，最重要的，阿中曾任旺旺法務，如果他現在還是，一定是我工作上倚重的股肱，和李董有關的，因為阿中後來是璞園籃球隊的領隊。

和任爸見更是晚了，那是二〇一三年底，即將辦跨年活動，我和娘子分別帶歌手去高雄和花蓮前一個月，在W酒店舉辦香港某外商銀行酬賓晚會，任爸是貴賓，跑到後台，來看蔡健雅，他自我介紹並且感恩不已，一如他不變的口頭禪，我還揶揄他是該銀行客戶最窮但最有成就的有錢人。他只知道我是旺德福娛樂的負責人，不知道我和娘子和S.H.E曾連結有一些關係。

會寫這一篇，不是私心為Selina和阿中緩頰，而是我受了老友蔡詩萍影響，他最近出了一本十年來的新書《回不去了。然而有一種愛》，高居博客來榜首，又寫了給老婆四十歲情書系列，已經寫了三十一篇，我調皮的也亂入他們的世界，為即將在明年國慶日滿六十歲的娘子，也寫寫情書，也已經寫了三十一篇，但發現不太像，倒像是兩個人的回憶錄，於是我抽離，準備重寫。

人一輩子總是不會有太長時間，在自己還沒有癡呆之前，在娘子一輩子記者職，寫明星超過千萬言，卻不曾為自己寫過一字之前，在還具備四十年前曾是文青條件之前，自己記錄兩人一點什麼。

就像慈禧太后六十歲的時候，發行幾套屬於她的清代郵票，由於是迭有經驗的老外主事惡搞，花樣一大堆，包括複蓋、倒蓋、對倒，反而造就後代多少人，全世界集郵者都注目她，以集全她大全套當畢生職志，這樣子就可以留下點什麼？

這一篇和娘子有關係，為了留下點什麼，我自然信手拈來，至於篇目，另外再訂了。

將來系列文章將結集出版，出版時，本文將另附 Selina 和阿中的聲明文，我是媒體人，所寫事件，一定據實，有本。

（照片請見臉書）

Selina 聲明全文：

我跟阿中決定要離婚了

婚姻是需要兩個人的努力，我們坦誠面對彼此，也坦誠面對自己。

我們都做得不夠，我沒有扮演好一個賢妻的角色，婚後的我，依舊享受我的工作，專注於我的事業，也因此我忽略了經營婚姻與維持一個家，需要相對的時間與付出，我成為了一個妻子，但是卻沒有成為一個真正的賢妻。再加上現在的我，跟婚前的我也有了很大的轉變，以前的我，是一個只以愛情為主的人，但是這幾年 我的人生觀漸漸改變，我不再像以前一樣全心全意只為愛情而活，所以我與阿中的愛情，也一點一滴消失了。

當夫妻的我們，真的不快樂，已經存在的問題依舊存在，硬是要改變自己改變對方，我們都沒辦法。

相識九年的時間，我們之間不只是愛情，更多了親情與友情，我們知道，這個決定是必要的，因為我們已經失去了愛情，但是我們不想連親情、友情都失去。

對於阿中，我只有滿滿的感謝，在我最痛苦最脆弱的時候，是他陪著我度過並且給我全心全力的支持，雖然隨著我回到正常的軌道後，我們之間的問題才一一浮現，但是好在我們都是很理性的人，我們願意，正視問題、面對問題，最終沒能跟他牽手到生命盡頭，我很抱歉！

離婚，是我們反覆思考認真討論的結果，我們不想讓彼此變成最熟悉的陌生人，我們想當彼此一輩子最重要的朋友。

面對這樣的改變，我與阿中會努力適應，也會為我們的決定負責。

對於深愛我們的父母，以及曾經給我與阿中祝福的你們，真的很抱歉！讓你們擔心及失望了，請相信我們，我們會努力，讓自己活得更好！

張承中臉書聲明全文：

九年前，我們因了解對方而在一起；九年後，我們因珍惜彼此要離婚了。

我天性不浪漫也不體貼，九年前，某程度上繫於她遷就我、追著我跑，我曾習慣她對我比較好。有好長一段時間，我們處於非常時期，都變了，那時我們的目標與一般夫妻不同，只想變回正常人。後來，我東忙西忙忽略了經營生活，竟把婚姻當成理所當然。

她是懂生活的美食旅遊達人，我是閒了就慌的務實工作狂，她愛看綜藝與戲劇節目，我鎖定新聞及體育頻道，慢慢地我們成了平行線。找不出解藥時相處變成了壓力，加上愛情隨著時間漸漸淡了，一切搖搖欲墜。婚姻是需要調整的，我沒發現也沒應變；人是會變的，我們都變了。

失敗的婚姻，我應負最大的責任。

我們曾困住、無助、失落，曾想再找共同點卻失敗，曾溝通卻仍有盲點。我們想掙脫現狀，她提離婚時我呆掉，我提離婚時她沉默，講到這兩個字時我們都很怕，怕做錯決定，過程不好受。未來如何不知，起碼現在給彼此空間是好的，現在關係反而更好，只是，抱歉讓我們的家人親友擔憂了。

九年酸甜苦辣、回憶滿滿，我們的經歷外人無法體會，感情依然深厚。我們仍了解、關心對方，不願彼此從對方生命消失，打算以另一種形式開始，Selina 是如家人般的摯友。

失敗的婚姻，我少了一個老婆，卻多了一個比親妹妹還親的妹妹。

我們想過是否低調辦手續就好，但現實環境恐怕不會容許我們默默登記，大概仍會驚動很多人吧。為免謠傳、驚爆、猜測，乾脆大方誠懇交代。我們的故事曾被關注，謝謝大家曾祝福與關心；我倆現在做了自私的決定，抱歉讓大家驚訝或失望了。請勿惋惜，做兄妹讓我們更開心。

我們現在開始 Reset！

唱著趙飛燕和趙合德，漢成帝的婕妤，有緣又無緣。

為玉景六十歲生日留紀錄之三

結婚隔月，娘子也進入民生報，我們因為不想每天浪費太多時間在交通上，搬離小叔免費的永和住居，經由同事介紹，租在台北市基隆路四四西村，也就是忠駝國宅，現在有一個夯名叫軍宅，和房東一起住，其實這是當時條件，因為人口簡單，所以馬上有房子租，房東是聯勤退役中校，大學念經濟系，和我的領域相同，小孩全在美國，找一個可以聊的年輕人，也許剛好填補他們的空窗。

這時是一九八五年初，大女兒已經滿周歲，仍和爺爺奶奶住在彰化埤頭老家，我和娘子當時還是小兵（記者），雖也算忙，但總還有正常時間上下班，也因為沒有小孩在旁羈絆，得空聊天的機會很多，也算是閒著也是閒著。

這時候我總能在一點點酒精催化下，這一點點總之是在六瓶啤酒以下，也是在光復南路巷子不到延吉街之間，一家很家庭式的海鮮餐廳，經常和娘子聊很久的天，專聊過去，大概是我講得比較多吧，娘子的故事很短，她喜歡聽我的，鉅細靡遺，彌補我們雖然已認識四年，卻對我的過去所知不多（她說的，我只有相信），因為鉅細靡遺，常常讓年輕的老闆夫婦對我們「很抱歉」，因為夜已深。

現在我是清醒的，試著記錄如後：

我的國劇美女友之前的眾女生，娘子已知之甚深，倒是這個，李姓，劇裡老扮老生，之前的素顏，就柔弱娉婷，是她最在意的，這兩個原來就不相關的美女，因著我倒成了仇敵，兩個人在畢業後還先後進了「電視綜合週刊」，真是……分外眼紅，這是後話。

我後來考上研究所，事情有些微變化，肇因於李美女的助教變成我同學，她以及她媽媽對我有些「恭敬」，從來約會不是在她家，就是三人行，甚至研究所迎新舞會，都不讓我牽手，說是助教在，不方便。

我雖然很不爽，但仍然謙謙君子，卑以自牧。我是作家，正值感情豐沛季節，壓抑雖不是難事，卻很容易卻步。

那一夜，我想到陰麗華，我是不是「娶妻當娶陰麗華」的東漢光武帝劉秀？鏡子照了一百遍都還覺得不是，我頓覺卑微。

那如風輕的趙飛燕呢！正像她體態，像極了，而且她也有一個妹妹，一起給漢成帝當婕妤，我不敢想像，我是教她妹妹微積分的，我也很奇怪她妹妹是她嫡學妹，怎麼會來搞這枯死人的學科？

我真的不是皇帝，我也以研究所比較忙，縮減了趙妹合德（後來是漢成帝的昭儀，漢成帝最後薨在她寢宮）微積分時數，就這樣在當年沒有ＢＢ叩、手機年代，三淡兩淡就漸漸疏遠了。

很雲淡風輕，料我娘子不會相信，她大概認為我這個厲害的文青，多半善於編故事。

剛好，研究所才一個學期，創辦人（張其昀，一九五四年教育部長）下了一張紙條給我，約我一談。他的辦公室就在華夏導報斜下方，但祕書卻送到我的所辦公室，幸好不是送到郵局旁全校各系所收件櫃，那是我追國樂女生的傷心地，望穿秋水，日復一日，至少當時還沒有結果，而我的國劇情也消淡如風中燭。

老夫子，我們都這麼稱呼他，當過教育部長的人，稱夫子很貼切，如同我們稱老婆、愛人為娘子一般，他拿出他的小冊子，如數家珍唸出我四年來的豐功偉績，天啊！比我腦袋記的還詳盡，他的目的其實祇有一個，聘我擔任華岡印刷廠總經理。

我差點昏厥當場，他看出我的震驚，以為我想拒絕，說了給我一個禮拜考慮，並且希望我千萬不要拒絕，因為我是他第三個找的，第一個是李安娜，已經企研所畢業，在校任稽核室副主任，算是暫棲，她是登輝先生長女，將來必然預備股肱，她斷不願意埋首在黑手堆裡。

第二個是許仁壽，李安娜企研所學弟，政治世家，爸爸曾是萬里鄉鄉長，算是登輝先生濱海芳鄰，他最大特色是考試機器，高普考任何銀行考、會計師考，考什麼中什麼，以後在職場當過證交所總經理、中華郵政董事長，現任富邦證券董事長，他也是考慮一週後婉拒的。

我大學也念企管，看來老夫子是要用專業來管理興業基金會旗下公司。

華岡印刷廠我曾接觸過，有活版廠、平（凹）版廠，雖是印刷系實習工廠，卻也是國內印刷業少數大工廠之一，這種機會笨蛋才會考慮一週，不過既然老夫子都這麼說了，我當然也要矜持一點，允後第一個念頭當然就是去找許仁壽。

許仁壽是我對門室友，我們研究生住在大莊館，六人房祇住三人，左鄰右舍大家伙串得凶，他其實就如同我兄弟一般，如同梅屋那些fellow。大莊館另一端住女生，我國樂的婕妤曾住在那裡，我適才努力成人之美的姜妹妹，此時也住在那裡啊！

許仁壽說他早知情，是他推薦我的，他說「我比較適合」，他的意思是如果不找個人替，祇怕難以脫身。

我終於明白，李安娜和他都已是金飯碗堆滿櫃了，何苦再去幹苦差事？一定是苦差事，天下沒白吃的午餐，我頃刻間就明白了，幸好有七天可以考慮，我謝謝老夫子。

我先登堂入室，找了總經理，原來是印刷系羅興才主任因病出缺，由活版廠駱廠長兼業務經理兼代總經理。老夫子一定看出了什麼，執意由專業經理人瓜代廠務，應該是財務有些問題或者危機吧？我想。

駱經理以為我是新來的總經理，極盡阿諛，我說我不是，靈機一動，搬出華夏導報，及華夏導報增刊，著實仔細訪談，並且完成一篇特稿。

這其中祇能畫虎畫皮，斷無法得知骨頭裡長什麼蟲？

其實我已然嗅到這個公司各項管理都有些不專業，課本學的這邊幾乎都看不到，尤其是財務端，財務是公司最高機密，報表斷不可能外顯，好吧！不入虎穴焉得虎子？就快速允了老夫子吧！

我真的一週後再去上班，除了知會全所老師和丘所長外，也請大學部的學弟妹，在那一週內完成「企業診斷」。

我得到的答案是：負債遠大於資產，建議聲請破產。天啊！老夫子叫我去搞建設，不是一顆原子彈炸了它呀！緩和一下情緒，介紹一下太重要的人物——丘正歐所長，我的研究所所長，一週後我和他便平起平坐，一樣都是學校一級主管。

丘正歐所長，清光緒三十一年（一九〇五）生於廣東省廣州市梅縣區，北大教育系、巴黎大學文學博士，稍晚於留法的周恩來、鄧小平，曾任法國 UNESCO（聯合國教科文組織）副代表，前印尼僑領、僑務委員，卒於二〇〇一年，我碩士論文的指導老師之一。最重要的就是這一段，所長親自掛名指導老師，非第一名畢業不可，雖然我後來為了逃避印刷廠，答應老夫子每學期都念第一名，而我真的都做到，這是後話。

這一段，當時娘子是我旗下記者，也許很清楚，但我寧可她不清楚，因為當時她正被我和華夏導報梁姓主管撮合我們張姓同事，但一直不成功，兩年後，我們忽然在華岡車車站轉彎處，因著她招手，把我招進她的私領地，之前的華岡印刷廠總經理總總，三十三年來，她不曾知道細節。

這一夜，因著殷麗華、趙飛燕、趙合德，我想到姓名都很古代的齊秦和齊豫姐弟，在九年前台北市經紀人交流協會成立，義氣加入在上海辦校園民歌演唱會，帶動民歌大復活，使我們這一代的人，有了一些依靠。這一篇的圖片，我放了齊秦難得和王祖賢的合照，以及我的娘子，只是這個攝影記者也太厲害了，居然把我娘子一五八公分的對面王祖賢，拍成至少一八五公分，嚴重搶了我娘子的丰采。（照片請見臉書）

唱著華岡印刷廠的類輓歌，以及克難街，害怕去了。

為玉景六十歲生日留紀錄之四

沒聽說過老闆會請一個總經理去KO企業的，後來我和娘子回憶華岡印刷廠這一段時，她又是不太相信了，只好，把塵封的，也許有些遺憾的事，敘說出來：

關印刷廠自然祇是paperwork，我在人令發布後，第一天上班就完全掌握財務，濱江街快二百個員工的活版廠在我來之前先賣掉了，連土地一起，理由是大水淹了，難以復廠，年輕人全跑了，祇留下大部分老人搬回陽明山校區，賣的錢大部分用來支付民間借貸、應付帳款與人員薪津。

現在，公司應付帳款和應收帳款差不多，現金尚不足支付當月利息和人員薪資。我問會計主管，過去怎麼維持公司運作？有欠薪情況嗎？

答案是盡量不欠薪，應收帳款貼現、應付帳款盡量凍結，公司不使用支票，調現難，但也沒軋票壓力。

至此，學弟妹做的企業診斷果然不差，老夫子准換專業經理人，我算是理解了。

沒過幾天，山下的協力廠商紛紛來賀新總經理就職，我樂得陶陶然，卻也嚇出一身冷汗。這些「應付帳款」，要債來了，甚至願意貼現取客票期票；正進行中的業務也要求本公司供材，或延後取件。明擺了不給錢就癱瘓你。

難怪李安娜不做、許仁壽也敬謝不敏，我真是捅了馬蜂窩。但面對老夫子，我根本毫無退路。

我是必須回老夫子任職心得的，我如實以告，老夫子說我果然英雄（出少年吧！），異於過往總經理，才幾天已烹出大鮮。他交代召開董事會，我的任何問題由董事會來解決。

我是想要說這公司需要週轉金來應急的，民間有些借款，但會計主管說他們都想要回去，再借不可能，祇能向華岡實習銀行借，反正都已經借「那麼多」了，又不用抵押。

董事會居然十天以後才開，借錢之孔急，會計部門和我一樣，我想到應收帳款，要駱經理三天內盡速收回，條件可談，直接由我決定。

會計主管說，本公司催、收款本來就都是駱經理，收款章都一直在他身上。

我雖然沒有經驗，但這麼大一個公司，居然沒有收款人員，而任由業務主管兼任，其他業務員怎麼說？

業務員都沒話說，因為各自經手業務都隨貨結帳，掛應收帳絕不過月。

我有些擔心，應該說心生不祥。

三天後，駱經理「收」回來十筆帳，

沒有一筆需要談條件，但總數少得可憐，不到應收總數十分之一。

駱經理有些倨傲，應該是為他收回的那一點錢向我示威，向眼前這位二十五歲黃口小兒說他還是很厲害，我知道他很厲害，五十八歲了，年紀很厲害。

應收帳款至少有十幾筆中，大額，十幾、幾十萬元的，紋風不動，我問他為什麼？他說公家機關請款冗長，不是說拿就能拿的，他有些收起得意的笑容。我祇能說：喔！

接下來，我要會計主管給我應收帳款更細資料，包括發生時間、兩邊承辦人員、電話，我有多方需求，拜訪客戶以及查帳，不要忘了，我這黃口小兒是專業，查帳一流，李安娜應該跟我換位置。

我支開駱經理，一天之內這些大戶全有答案，應了我原先不祥的預感。

我做法很簡單，直接表明我總經理兼李安娜身分，查帳兼要帳，有些人不配合，但一聽我要法務發存證信函，結果所有應收帳公司都說：被收走了，收款人是你公司駱廠長。

駱廠長就是駱經理，公司就他姓駱，而且幹過廠長，這些天還有很多人喚他廠長。

我就說嘛！應收帳款還有跨幾年的？公家機關都有會計年度的，斷無可能。

我想了很多，駱經理可以一手遮天嗎？公家機關支付大額都是用支票，國庫支票，禁止背書轉讓，他是如何辦到的？我是說變現，會計部門或財務單位，甚至銀行行員？

還是支票還在，藏起來了？但支票支付祇有一年期限。我懂這麼多幹嘛？就趕快追駱經理吧！

我找他來，近六旬老翁不再意興風發，他大概沒想到我會這麼做，或者動作這麼快，他一定有人通風報信，不安的眼神等我發難，面對一個年紀快可以當我爺爺的部屬，我居然有些躊躇以及悲哀。

我鼓起勇氣單刀直入：「駱老，你知道你侵占公款嗎？」

他也坦白，想必也有一番準備，他說：「我家裡出了一些問題，暫時借用公司的錢。」

進度很快，我的疑慮與假設也可以丟開了，就單針對他吧！

「多久了？」

「就這幾年。」

我算是白問，應收帳款已經有紀錄。

「何時還？」

「這……我沒錢，我一定會還，可以分期付款嗎？老總你一定要可憐我。」

我確定找到小蘋果裡的大蠹蟲，面對大我三十三歲的前輩，一時糊塗的老爺爺，總不能說：「爺爺我愛你，快還錢吧！」

還有一個五十八歲的前輩，也是我的金庫，一樣大我三十三歲，中文系文藝組教授、自立晚報副刊版祝主編，比魏小姐新竹的老爸大一些歲數，兩人愛得死去活來，有時我都在想，他會邀我當自立副刊特約作家，是不是因為魏姐姐，我們年紀差一點點，同一個世代，念同一個學校，祝老師「愛屋及烏」，定然是的，哪天我也要效法他，愛一個新竹的小娘子，大家來比甜蜜。

後來我的愛人，此刻正在被我和我的主管強作媒撮合他人，就是新竹娘子。介紹完兩個老人，一個姓祝，經常催我稿給我錢養我學費、生活費的人，我親爹親爺爺；另一個剛認識，侵占公款的駱老爺爺，我要告他嗎？我知道不表示告他，他是不會還錢的，或者每個月還兩千塊錢，那是我的一個月生活還有雜費，那他要還到一百五十八歲還沒完事，這一定是他早計畫好的。

董事會終於開了，董事長是國大代表洪東興，他的樣子很董事長，講話很官方，大大讚揚我的稽核能力，日後定能「少康中興」，振衣千仞岡，濯足萬里流，我的校訓。真是夠了，我的錢呢？老夫子說了，董事會會解我難題，是的，洪董事長解決我所有難題，我說了什麼都算，包括所有人事、行政、業務做法，甚至告駱經理，但就是錢沒辦法，他們是無給職，甚至連董事會出席也是沒費用的。

我人生第一次當這麼大的官，第一次召開董事會，收穫真大，始料未及。印刷系李主任、前總經理也是董事，對我鼓掌，不知是高興他脫離苦海？還是他被蒙蔽幾年被我一曰戳破，不得不佩服而拍手？

美術系的蔣勳也是董事，這時候美術系的系主任是留德的田曼詩，（卒於二〇〇六年，享壽八十一歲）畫家兼詩人，祝老師大概也和田主任同齡，這一掛人都很文藝很詩意，蔣勳和丘所長一樣，都是留法的，都是仙風道骨，我認為，董事閒差帝力於他何有哉？

對不住！蔣勳長官，當時我對法國的認識祇有巴黎以及建於一八九八年的艾菲爾（Eiffel）鐵塔、一一九〇年的羅浮宮（Louvre），以及執政七十二年的路易十四、上斷頭台的路易十六（和他的王后）以及翩翩風度的你和丘所長，即便兩度法國騎士勳章得主、我後來的老闆王效蘭女士，也是一九八三年以後才認識的，你寫你的詩文就好了，何苦當華岡印刷廠董事，真是一點都不懂事。

董事會決議派我去向老夫子借款，老夫子右口袋丟在左口袋，不用抵押，他過去已經丟過好多次了。

老夫子不同意我向駱經理訴法，他說祇要他還款便是，我說不訴法要不回侵占款，無法逼他拿出錢來，無法對他的財產執行假扣押。

老夫子又說如果他沒錢，逼死他也沒用。

我好像懂又好像不懂老夫子的話，老夫子寫了一張手諭給我，大意是實習銀行許總經理見諭借給華岡印刷廠二百萬元，我於是懂了老夫子的話。

許總經理就是現任、曾任立委許添財，二〇〇一年當選台南市長，又連任。他是後來你我皆識的前總統陳水扁，官田同鄉兼曾文中學同學，大我三歲十個月，文大經濟系、所畢，早我一年幹興業基金會旗下企業總經理，又早我一年幹系主任，他銀行系我企管系，祇是我祇當了人事命令的系主任，因為必須服預官役而被收回了，這又是後話。

許添財真切又迂迴的否決了老夫子的手諭，真是大膽，我想，他到底是欺負我菜鳥總經理？還是嫉妒我早他成名、公司比他大很多。

結果許添財是有他的困難的，他出任華岡銀行總經理，跟我一樣，是要解決他銀行十幾年來積弊，怎麼可以再借錢給曾經借過大筆錢而未還的兄弟姐妹？

「兄弟，你回去熟讀你們家歷史，你會借不下手的。必要的話，我可以代你將創辦人的手諭送回。」

我家歷史，這才幾天，我已然了解，而你家歷史更精彩，我也了解。

錢沒了，日子還是要過，回去管理我的馬蜂窩吧！

才在北投張公館上完逢甲大學張希哲院長的課，回陽明山校區，平版部王訓廠長坐在我辦公室，一臉驚恐說：「下午駱經理心肌梗塞，救護車送馬偕醫院，急救無效，過世了。」

真是天上打來一記悶雷，正要處理他的侵占公款，沒想到他竟然「死而後已」，我對自己說，我處理公事應該還算厚道吧！你侵占公款三年，我請你還錢，你不還我才會訴法，這事我也才請示，老夫子也才說如果他沒錢，逼死他也沒用。

啊！老夫子真乃神人，還是烏鴉嘴？他真是大器，幾百萬就這麼一句話，一語成讖，人死債爛了，我大概不必再去請示也知道他要說什麼了。

寫到這裡，我的愛情呢？我幾乎已經忘了這件事，愛人遠在南機場克難街眷村，現在幾乎無暇去了，也，害怕去了。

只是再害怕去，也無法阻止腦海中影像，尤其是巧巧嘴巴和有層次的下巴，是有些神似東方不敗，林青霞，比較瘦版的。

這時正逐漸遠去了。

後來正版的林青霞在巴黎，和鄧麗君和娘子追逐以及預備以後給心愛人的浪漫，挑了一張多年前照片，林青霞身高一六八公分，正好是我的身高，便坐在我娘子身邊，代替我，假裝我也在巴黎。（照片請見臉書）

一切是命定，在華岡車轉彎處，妳招手，我便走進妳預備的左心房，交會以及停佇。

為玉景六十歲生日留紀錄之五

我其實在大四被邀進入新聞室「華夏導報」工讀時，就注定為我娘子留下一個位置。每天寫新聞似乎是一種比日記還真實的日記，每天有近兩萬讀者等待知道訊息，其中也包括我的女友和我未來的娘子。

那時候我是自立晚報特約作家，但已不太寫散文，主要寫有生命力，必須是連載的小說，必須是和讀者情牽幾日的小說。

寫新聞稿和人物特稿似乎與生俱來，這是我工讀的內容，我不經新聞系訓練，卻能以一當三，曾經一天內寫了七篇特稿，讓我還有餘裕去當「華夏導報增刊」校刊總編輯。

這時候我已經搬離學校學生活動中心，去住在以我名命名的「福壽橋」，詩人向陽是前住者，名住屋為：「向陽的部屋」，我們共五人進駐，重名為「梅屋」，後來我的正宮愛人和其中兩人（同班同學）有關，這時她已經出現，只是還沒有停泊在我的港灣。

當時排梅一（就是我）到梅五，很快也有半里外芳鄰也來排梅六、梅七。

這時間許是輕鬆了，當大家都在積極準備考預官及研究所時，我卻風花雪月，同時就認識了四個系的女生，包括梅七和我已發出愛戀通緝令的國樂女生，四個系包括戲劇、美術、音樂、舞蹈，我是怎麼了？藝術家？

當時正值校園民歌興起，我也和陳輝雄分拿下華岡詞曲創作二、三名（第一名從缺），也和金韻獎的邰肇玫有過邀約（邀來梅屋炫炫）。這事在去年九月，我透過潘越雲邀邰肇玫在板橋介壽公園演唱時，小玫已是模糊印象，「好像有又好像沒有」，久久想不起來。

天有不測風雲，預官放榜，我是全班唯一落榜者，天啊！這怎麼可能？這個年代要考不上預官多難！我的「德智體群美」樣樣在系上、全校、全國都拿獎，包括企管創系以來第一個拿到華岡青年、大專優秀青年、兩度救國團金獅獎……，即便是體育，當時已七個學期，三年半考二十一個單項，全部第一，so what？

我本就無意考研究所，因此當班上同學一堆人去報考政大企研所時，我都笑他們「根本考不上」，何不考政大財研所或者本校企研所，當時李前總統大女兒李安娜是本校企研所應屆畢業生、兒子李憲文是政治系應屆畢業生，準備報考本校三研所，可見本校也是很吸引人的。

預官滑了一跤，但我是斷不願意去當大專兵的，不是怕丟臉，是怕終會被選去當教育班長，去操人，這是我很厭惡的，我的青年履歷敦促我，絕不可能落人後，三年前在成功嶺班長故意操我，我照樣拿獎狀；後來我研究所畢業，預官是填志願保送的，在虎尾受基訓，在花蓮受分科教育，都是名列前茅，我是說每一項體育都是全空軍軍官第一名，迄今的丟手榴彈近六十九米，三十五年了，不知被破了沒？

都不考研究所，怎麼又上研究所，說來曲折離奇。預官放榜時，全國各校研究所都早已截止報名，並且離考試時間祇有三週。

我忽然想起來，學生活動中心副總幹事汪爽秋，最親愛的管家婆，看到活動中心幾個大幹部都不想考研究所，覺得可惜，其實大家課業都還不錯，她在一個月前就準備幫三個不想報考的主席級同學，報考本校「民族與華僑研究所」，因為這個所沒有大學科系，任何系都可以選擇在行的專業科目加上指定的華僑學，以及國文英文等。

我真的不確定她幫我報了沒？因為我已搬出活動中心（以前的住處），聯絡不便，她在活動中心有我的資料，我卻是一直未付報名費。

應該沒報吧！我心裡嘀咕著，現在麻煩來了，我唯一的希望卻是她幫我報名研究所了，但就剩三個禮拜，我會笑我同學難上政大企研所，是因為考該所通常要去政大上一年課，算是融入吧！

如果我報的是本校企研所，考上機率應遠比民華所高，但說這個不是很好笑嗎？不是不考研究所嗎？

結果是：汪爽秋果真幫三位都報民華所。她真是我的恩婆啊！沒有她，也許我人生的後來，會寫得很辛苦，三十六年了，沒有她消息，真的很想念，不知道這篇文能否因此找到她？

接下來忙是一定的，這輩子從來沒這麼用功過，民華所的助教都說我上班跟她一樣長。

還有活動中心總動員，上過共同科目華僑概論的同學，筆記影印彙整給我。如果考上民族與華僑研究所是需要點奇蹟的，考完後我一直懊惱認為，因為不用念的雙倍計分專業科目經濟學，居然考解釋名詞，範圍涵蓋貨幣銀行與ＯＲ，聽說還是考古題，我卻考得零零落落，但奇蹟還是出現了，我的英文和國文聯手救了我，雖然它們祇有一半占比，我不是說這兩科有多強，但這一屆全校研究生考試，應該沒人贏我。

就是放榜這天，全梅屋人到中國飯店另一邊「古堡」狂歡慶祝，我確定每個人都喝醉了，因為我酒量最好，回程爬完上坡路，就癱軟在公路邊笑傲江湖，碰到剛好不睡覺的林偕文（體育系三年級，兼任職味全棒球隊，後來是無限量級搏擊世界冠軍，也當演員），硬是揹我走了一公里路回梅屋。

當研究生其實感覺還滿不錯的，雖然這不是我的初衷，祇因為班上祇有我一個沒考上預官，但這一年班上也祇有我一個考上研究所。

我的愛人應該在這個時候出現了，但祇是出現，我的主管介紹戲劇系的一個女生給我，我有些感覺，柔柔弱弱，令人想保護她，她是史媽媽（老公史紫忱，曾任蔣介石少將侍從官、華岡教授，一九七九年幫我寫《足跡深深》散文集序）的國劇高足，雖然她同班同學王振全（漢霖說唱藝術團團長，迄今仍執業中）酒後慎重告訴我，不要把他們家馬子，他會介紹更優的給我，或者我不是有一堆女人嗎？

他始終沒有介紹任何馬子給我，以至於我也一直和他同學比較固定交往，直到他們的林姓助教跟我考進同一個研究所，事情有了些變化。

王振全走入社會後兼開餐廳，不知是否因為沒有介紹他認為的更優女生給我，決定包辦我已然成熟的婚宴。

這時候我已進入民生報，愛人在「電視綜合週刊」無預警倒閉後，進入「東大傳播」做企劃，客戶有乖乖、康寧餐具、黑橋牌……老闆程大衡在我寫這篇文時，剛好進入我愛人臉書，我十二萬分驚嚇。

我驚嚇最重要的原因，是他給的結婚賀禮足夠供我結了八桌酒菜錢，這簡直就是我的爹了。

爹爹你好，雖然你也大不了我幾歲，你祇和我研究所同班張姓同學同齡，這又是後話。

我對廣播是很有興趣的，前一年曾在中視參加廣播研習會，也參加過好幾個益智節目，為華岡社會服務隊添了不少薪材。

這時候我和我同事也是未來愛人的學姐周荃（後來任中視主播、立委）、同學李傳偉（後來任華視主播、東森高階主管）去考教育電台，結果全部錄取，口試的時候，因為我即將成為研究生，教育電台認為研究生很忙，不像大學生那般輕鬆，無法兼事，除非我放棄讀研究所，這是什麼歪理？我不用放棄，就算保留學籍也要去當大頭兵呀！

我是個不死心的人，後來還是去幹了民本電台（功率祇在新竹以北）主持人，主持「星期之歌」，校長兼撞鐘，胡炯心台長最喜歡這種咖，外製外包又具名電台主持人水準（我沒有歧視賣藥，雖然我沒有也不願意接這種業務）。以後我仍然在華夏導報任職，還是工讀生，名稱改為特種工讀生，工作內容改為編輯，兼協助指揮記者採訪。

後來，因著考上研究所，人生轉了個彎，免去當大頭兵；又因緣際會，再轉一個彎當了華岡印刷廠總經理，這是後話。

而最驚訝的，在研二，論文寫得昏天暗地時，命定的天女，在對的時間，在華岡車站，又轉了一個彎，就在華岡車轉彎處，她招手，我便走進她預備的左心房，交會以及停佇。

（照片請見臉書）

在連雲港六十層大樓上，豪邁宣示蘇北最高樓，二〇八米，堆砌完成。

為玉景六十歲生日留紀錄之六

很久了，沒有像這一次，二〇一六年三月十日，藉開疆闢土之名，藉深度考察之名，藉織造浪漫蜜月旅遊之名，踏上江蘇省連雲港市。

幾年來，我和娘子走穴，足跡踏遍連雲港市「附近」上海、蘇州、嘉興、杭州、南京、溫州、揚州、鹽城，從來沒想到有一個海港城市，直挺挺在黃海邊，而我一個三十三年的老友，初時在報館，是我直屬長官，居然舉家在這裡奮鬥了十年，而不厭倦。

台灣到連雲港有幾個方式，飛上海轉機，或轉高鐵，或飛鹽城轉兩個高速公路，二百三十公里，兩個小時十五分鐘到，沿路限速一百二十公里。

我們選後者到連雲港，因為比較快，如果上海轉機可能還要多耗三個小時，還有一個原因，老友邀訪，順便從桃園二航廈出境就可以一路導覽到連雲港，這其中高速公路兩邊都有興建中的高鐵，老友可以訴說他夫婦倆十年前從上海舟車勞頓，歷十一小時才到海邊的孤城連雲港，現在高速公路只要五分之一時間，我們一路追他們的篳路藍縷，以及辛酸，將來高鐵，中國自建的，不需要像台灣的機場ＭＲＴ，搞了十幾年，三任總統都還沒搞定，興許最慢兩年就通車了，時速三百五十公里，四十五分鐘之內就從鹽城到連雲港了。

來之前，從Google上看到這兩個城市的交通，一路上我有些懷疑中國城市建設的軌跡，兩岸怎麼還沒走到直航連雲港而先中路的鹽城？只因為鹽城是郝柏村的故鄉？又或者，轉綿密的高速公路、高鐵已經取代了航空，直航點已不是那麼迫切了。

我是來印證的，因為老友提出了我尚未到過的城市，我可以開發演出商機，可以在幾十場演出中加上連雲港這一場，只要它夠條件，特別是它是「一帶一路」的起點，才點燃的熱點。
這兩年，習近平主席打奢，和南韓親密以後，演唱會因為國營機構縮腿，幾乎沒有贊助，場次銳減，台灣歌手演出機會也腰斬了，娘子是公司總經理，自然也是她的尋尋覓覓任務。
老友已是連雲港通，由他來導覽，不會是官方的照本宣科，反而可以看到真正想看的東西，除了演藝環境以外，城市的發展也是我想看的，雖然我並不清楚連雲港十年前是怎麼樣的光景？
高速公路走完了，一氣呵成，唯一慢下來自動結帳的地方，一秒鐘自動顯示，我喵一眼電子自動收費，一百三十二元人民幣，換算六百六十元新台幣，如果在台灣，同樣里程數，應是五站，二百元，幾十年沒漲價了，我們好像還不是很滿意，請看看人家。
入新市區，開始感受，數量不是太多的電單車，每部車前都兜著一條棉襖，說明兩點，一是環保，二是新市區帶來舊市區的市民，在早春依舊寒冷的街上，扮演他們前進的角色。

另一個真正連結新舊市區的交通工具ＢＲＴ來了，它讓我馬上想到胡志強，前台中市市長，他也和我一樣，投入旺旺蔡衍明懷抱，台中的ＢＲＴ好像問題特別多，我不知道結構和功能是不是相同，這裡當便宜的公車使，票價二元，停靠站是封閉的，月台和台灣ＭＲＴ一樣，車體上冬天有暖氣、夏天是冷氣，這還不厲害，比台灣ＭＲＴ還強的，它也是專用車道，時速可到八十公里，而且一路無紅燈，每部ＢＲＴ都可以自動控制紅綠燈，包括延長綠燈時間，舊城區的市民大量來新市區工作，除了開車，幾乎沒人騎電單車來，因為充電費遠高於ＢＲＴ票價，又需要消耗棉襖和皮膚。

說到胡志強，這個前新聞局長，和演藝界不可分離，他當了十幾年台中市長，去年連任不成，相信他不難過，最痛心的是古根漢博物館被議會否決，還是被自己的同黨同志否決，也許他可以在目前我看到還很優的連雲港，移植，這裡的新市區，當年在建設的時候，蓋五萬戶民宅，我們旺旺也來共襄盛舉，叫「旺旺家園」，這是兩天後見面的市台辦說的。

這一夜，老友招待在他的商務行館洗塵以及住宿，餐是超健康養生、米其林二星級，是阿姨學了老友夫人一年後的佳績；住的，至少面積是超過總統套房級的，二百多平米，四房，一個晚上要體驗四個不同房還滿累人的。

這個房是二〇〇八年，老友已經在連雲港「出道」，銷售的商品房，他把高樓三十幾層五個樓全買下，當招待海外買家的體驗館，每間大概就一百萬多一點人民幣吧，對面新近完工的叫樓王，也是他代銷的，相當於台灣百坪豪宅，每戶二百萬多一點人民幣，單價已經調高很多，但也只有台灣同等級豪宅的三十分之一價。台北和洛杉磯、紐約幾個華人的大城市，已有很多個人和企業拓過來了，我只透露阿默蛋糕老闆買在其中一棟的頂樓，其他要我宣傳的，請透過我老友支付費用。

這一夜，娘子和北京、上海、廣州、深圳等大地方的演出商和經紀公司，以及台北的經紀公司，WeChat 不斷，不是為了支付每天三九九元台幣網遊要吃飽，而是這些朋友他們都訝異於我們對連雲港的疏離，並且預約合作連雲港的可能性。

這一夜，床太大，暖氣太足，我和娘子忘了台北遠路而來，是需要有一些累感的，以至於懵懵懂懂的伴著央視一台，和台北一樣的，凌晨兩點多就夢周公去了。

這一夜，夢迴湖北，湖北廣電總台湖北衛視，是我和娘子業務最頻繁的地方，加入了八百平米的攝影棚外的外景，兩小時車程的赤壁，我和娘子分別帶黃小琥和阿蘭，和各省書記同憶三國，曹孟德的橫槊賦詩、孔明羽扇綸巾，歷歷在目；帶動力火車到武當山演唱，五個鐘頭車程；還有帶林宥嘉到十堰，七小時，小女兒郁惠都加入為工作人員。動力火車和宥嘉都是華研公司藝人，前些天，我才寫的Selina，以及三月十二日驚聞老友劉天健離世，都是或曾是華研人員，天健後來當過SONY唱片和華納唱片兩家總經理，一代偉大的貝斯手，就此別過。Selina和阿中離婚，沒掉半滴淚，卻為師父天健驟逝嚎啕大哭。我們對天健最好的祝福，就是請他在天堂擦亮他的貝斯，繼續他的豪邁，他選擇在國父逝世這天告別，比孫逸仙博士年歲大，但仍是我們不忍的，算是青壯菁華年歲，離別斷是太匆忙了。

這一夜，怎麼就忙碌起來了。

清晨六點的連雲港，六度C，是晴天，此地全年下雨僅二十幾天，比台北的二月下得還少，記得一九八三年二月三日，我初入民生報，當月下了二十五天雨，比基隆還基隆。

這一天安排看科教園區，聽起來就是現代化規劃地區，像浦東，又像台北的信義計畫區，這個地方七十八平方公里，台北市面積四分之一多一點，筆直的馬路三、四十層高樓羅列，像香港，像新加坡，馬路以筆形燈管標示在路口，不用猜城市地區的分類，整個區域包含有三萬人體育館、市政府、十家高等教育學校、兩家研究所，培育完成的學子，剛好接軌本地科技業，這個地區三五年以後，定是一帶一路最扎實的根，我很想說是大陸的矽谷。

該回到連雲港的歷史了，Google 上沒有的，連雲港和秦始皇有關，他老來了四趟，著名的徐福就是此地贛榆港區人，當時的連雲港還不叫連雲港，面積不到現在一半，連雲港是一九四五年打敗日本以後，由海州名改的，第一任市長是國民黨人，第二任政權已轉移共產黨，此地和中共國家是臍帶關係的，一九七六年逝世的毛主席，用的水晶棺即採用本地東海區的水晶做成；一九二〇年留法，是我研究所指導教授丘正歐的學長鄧小平同志，等不到香港回歸，一九九七年二月逝世，骨灰就撒在連雲港，也許他想在蘇北最壯麗的海港，迎接香港，以及澳門。

徐福以後，有一個我們熟悉的作家，吳承恩，他是依賴現在的連雲港寫出中國四大小說的《西遊記》出來的，《西遊記》雖然是描寫人性的神怪小說，但實景卻是千真萬確的在連雲港，「花果山」當年有一半在水中，明代以後才建設成現在的模樣，現在正名為雲台山，但宣傳上，還是有很多真實的猴子在水濂洞，在飛來石峰頂上，大家還是以花果山為名為傲，最高峰玉女峰僅六百二十四米半，稍低於台北的陽明山。

連雲港市政府每年都會以花果山為名舉辦各式藝文活動，還有七月初固定大型「連雲港之夏」演唱會，這是我最高興的事情。甚至，在人工興海湖後端，一大片別墅區，可以連接興海湖做精品、汽車等高端產品走秀活動，它其實某種程度讓我想到麗江，張藝謀打造遠古麗江風貌，如果固定在此地，白天是現代，晚上回到古代吳承恩的劇場，一定很讓人遐思。湖北廣電總局曾要我幫他們找香港某名導演去打造麗江式的赤壁，可見內地人是很有眼光的。

現在重點來了，連雲港就在濱海和離岸建了四個深海港，全區道路二百一十二公里，除了連雲港，還有贛榆、徐衛等深水港，這一帶一路選在這裡水路出發，到韓國，到日本，到蘇聯，甚至繞一下到南亞，集裝箱都可以堆疊到月球了，相對於新市區高鐵八個小時到烏魯木齊，一路連接到荷蘭鹿特丹共一萬零九百公里，這連雲港真是不得了了，海港外還人造一個東西連島，上面什麼都有，六星級飯店，還有展場和表演場、科技區，更有比 Shopping Mall 還大的場地，再過一個半月，即將投入五一運作，這樣的一個人工島，汽車止步，全由島上 Shuttle Bus 導遊，去年這樣一個地方來了五百萬旅遊人口。

終於談到本文主題，老友承銷連雲港區蘇北最高六十層大樓，就在東西連島對面正港區，我和娘子登上近六十層裝潢屋，四周房都是絕佳的 view，這裡的房價是新市區樓王的三倍，但這樣的環境條件，將來絕對是樓王的十倍，我無意幫他廣告，也不想看他的售屋廣告，因為這種產品，光看我的宏觀細數，就要去搶了，如果大家都去搶它，不買老友新市區只有三分之一價的樓王，請不要怪我。

現在，請不要吵我，我和娘子和吳承恩和孫猴子有約，要作戲給你們看，要唱同一首歌給你們聽，在蘇北最高樓，二百零八米。（照片請見臉書）

只能唱著古代素顏長髮女子的浪漫

為玉景六十歲生日留紀錄之七

關於浪漫，興許，只願意存在文字中，記憶中不曾說出來。

我自詡是毒舌派，講話從不平淡，實實虛虛，罵人永遠笑嘻嘻，捧人定讓你心驚膽戰，我娘子是很了解的，即便對她，共同生活了三十幾年，她每天還是有驚喜，也許這是陳氏浪漫吧！一點都不浪漫。

我是現代人，喜歡古人，歷代名女人，漂亮的、壞壞的、浪浪的、當皇帝的，老外高鼻子的，只要不是笨的，我都喜歡，但我從不喜歡女生化妝，也許這是病態，古代女人或畫或描，總要留一個形狀不去嚇現代人，我可以接受，但現代人用最大心思妝化外表，互相欺騙，我不是很喜歡，也許是懶吧，還要花心思去讀取化學物下的真實皮膚，真是浪費生命。

我雖然不喜歡或者不是很喜歡看女人化妝，以及男人化妝，但我從不反對或者不敢反對，我現在的工作，除了仲介全球藝人表演以外，還要付錢給她（他）們妝髮，我的營運紀錄，最貴的還一張臉、一個頭，付了五萬元，RMB，你說我敢反對嗎？

至於髮下的假睫毛，這玩意兒我娘子一輩子沒戴過，倒是兩個女兒各有幾百隻，只要有特殊場面，四條小蟲上身，總讓我看到我藝人臨上場的妖嬌樣，那小蟲眨呀眨的，又讓我想起教她們學一些昆蟲的英文單字，而 caterpillar 最是神似。

女兒偶爾無意間挽起了髮髻，最讓我心喜以及心痛，三十幾年來，我每天期待的長髮女子，每天只能在女兒身上讀到，也許是娘子最無言的報復吧，我們兩個幾近病態式的生活著，我其實覺得很浪漫，請罵我神經病吧！

大女兒昨晚燙了一個三十年來第一個奧莉薇頭回來，很漂亮，我必須承認；但重點是，它變成短髮，我的長髮女子，地表上只剩下小女兒一個，請容我痛哭一下。

一直談到女兒，其實對這兩個心肝寶貝，除了她們是長頭髮，滿足了我的想望以外，我的忙碌和依賴，以及娘子的更忙，對她們其實一直是有些虧欠的，兩個女兒小時候的功課，你絕對想像不到，是奶奶陪做來著，一個僅受日本教育兩年的奇女子教了我兩個還沒讀完大學，就到柏克萊、紐約大學進修的女兒，當然我通常還是看了她們的聯絡簿，並且簽名，免得老師急著要來家訪，不過這一點我是不怕啦，只是擔心她來找不到父母只有奶奶或爺爺。

大女兒的聯絡簿上偶會出現「我家那隻老虎又出國了」，讓我意識到我們父女之間，存在一道大鴻溝，這前世的情人好似仇人般，這事娘子是很難體察的，因為通常我必須扮演黑臉，因為娘子已搶先一步挑選白臉了，某種程度的隔代教養其實是要非常小心的，孩子的青春期一過，你想要扭轉她們對你實質的最親暱關係，是不太容易的。娘子因為扮演輕鬆角色，又把她們圈養在腹間十個月，總是靈犀相通，不必去傷神這件事，所以我說「很難體察」，至於娘子在孩子們功課上，也要付出很艱鉅的工作，那就是看我的簽名。

至於長時間，女兒們的長髮保養、修護，也是奶奶一綹一綹洗梳來著。小女兒髮質特油，需要每天洗，雖然我們的經濟應該還付得起髮廊費用，但每天要耗一兩個鐘頭在髮廊，算是減少相處時間，也容易造成孩子以後對金錢觀有些錯覺，這是老媽在意的，還有老媽向來節省，她很樂意並且得意，每月省了當年代的五千元。

至於我，為了長髮女兒，竟然可以分文不花的擁有以及疼惜，天下真有這樣快意事，難怪我一直堅持，不管娘子是不是有意見？

我和娘子從一九八三年同一年先後進入民生報，作息不同，我是早八晚九，偶爾十二，她是下午出門，晚上十一點下班，一週只同休星期天，初時因為住永和，還會溫馨接回家，以後老大出生了，丟回彰化老家，我和娘子便搬到基隆路四四西村，也就是忠駝國宅，一九八六年秋，我因為接房地產召集人職務，直接感受到台灣房地產蠢蠢欲動，隔年初咬著牙、有技巧的以舊價（前三個月未漲價前）買下松山路、永吉路、虎林街交接之「太子東都」，又隔年把娘親和大女兒接回來同住，老父也不堪寂寞，賣了舊宅，也來，大女兒念救總幼稚園，從此我們家每個週日除了釣魚以外，就幾乎盡量全家外出遊歷。

一九八七年是台灣房地產大翻轉的一年，我在農曆大年後，用收回共同投資天母一塊宅第，賺了一倍錢，買的「太子東都」，到年底，變四倍錢，「史上最牛」，接著隔年再買新店「黎明清境」當別墅又當投資，再一年，又合夥買板橋遠東紡織旁二百坪工業廠房，也準備跑短線，買完三天，一九八九年三月下旬，財政部長郭婉容宣布實施選擇性信用管制，因著房產專業，我知道馬上會空頭，趕緊將二百坪收手退回，未損半毛，也賣了黎明清境，從此十年，台灣房地產原則上不再漲過。

以後，我轉戰鄉下，投資同組大瑋兄家業房地產，從基隆做到頭份，七、八個工地總有，甚至在一九九二年離開民生報一年到頭份工地學習工務並監督業務，到一九九五年因為幫小姨玉鳳購買松仁路「巴黎世家」（當時街名尚是吳興街），直接以同仁價向太平洋建設老闆買了高樓上下兩戶，這時候，小女兒上幼稚園大班，我的要好朋友們，小孩也是這個年紀，已懂事，好奇又好玩，算是初解人事，乃相約固定國內外出遊。

也是在此時開始吧，全家加上老爺子，互動比較多，也因為固定有共同國外旅遊，壓力稀釋不少，我的浪漫開始顯現出來，我是不知道啦，但我們家女生都這麼說。

我把我家房事鉅細靡遺報告，無非是要記錄我和娘子的赤手空拳打了天下，向我的富岳家做了有為者亦若是的交代，雖然他們從不認為女兒上了賊船；在結婚以後整個歷程中，我也把娘子打了九十九分，扣的一分是因為她沒有留長髮。

以後十年，每年春節舉家在日本過，算是修補親情，以及幫孩子每年固定開冬令營，每年同樣的對象，像是另類的青梅竹馬，在她們成長的過程中，有一些紀錄。

電視上正有了年代買了黎智英蘋果台，豬哥亮回鍋的首發節目，正重播著小女生捐長髮給癌童，小女孩很空靈，很聽話，留了十年，一秒便被剪斷，準備到另一個小主人頭上作客，我竟無由悲哀起來，原來秀髮除了是佳人的驕傲，也是一個親善大使，如果在古代，不知道小女孩怎麼剪？

也許古代沒有電視，也沒有癌症，那些深藏在髮下的頭皮膚，一直是處在桃花源，沒有煩惱，有的只是種在上面，丫鬟用來謀生的工具，所以就有了頂上的三千煩惱絲。

至於我，管她有幾千，都是我日日夜夜思念的情人。

只是，娘子啊，妳的長髮何時長成啊？我仍一如往昔，一如年輕時一般熱情，追求不變的愛情，目前就暫時唱著古代素顏長髮女子的浪漫吧！（照片請見臉書）

怎麼奧斯卡就黑白不同調了呢？

為玉景六十歲生日留紀錄之八

二〇一六年二月二十九日早上七點。

照例叫醒正在睡或坐起抵抗起床氣的大女兒，她必須七點起床，是因為她每天出門前的妝髮至少要一個鐘頭，跟我帶的藝人，最快速的一樣快，但比她娘的五分鐘，簡直有一些差距。她睡眼惺忪說：

「老爸，今天閏二二九連假！」

對哦，昨晚還在說二二八，一早要看ＨＢＯ的奧斯卡Live，怎麼就忘了？其實也不是就忘了，過日子的每一天，總覺得就是規律的過著，二二八又當如何？也就是一九四七年二月二十八日，無能的政府對前一天查緝私菸打死人引起百姓抗議遊行，接著進行系列粗暴屠殺近二萬人的歷史悲劇，以我的觀點，亞洲發生過的，同時代日軍屠殺南京三十萬民眾、菲律賓因為民族主義作祟，五度屠殺包括滅村華人幾有十萬人，都沒有二二八自己殺自己人混蛋，就是這樣。

二二八之於美國，沒什麼，美國今年二二八最大的意義或者爭議是「白人的奧斯卡」，這個早知道，奧斯卡頒獎典禮於是找來非裔黑人克里斯．洛克主持，他也酸說如果主持人需要經過提名程序競逐，他永遠沒機會當成。

我在想，這個老黑大概不知道台灣過去的人為災難，否則他應該要強調李安的祖國，歷史上的今天是很 sad 的，一如在那幾年前的南京，日本人的獸性，屠殺三十萬中國人；後來又去炸美國的珍珠港，導致美國人在二戰末決定請日本人兩度吃鋼製的沙西米原子彈，這些在美國都應該是要被主持正義的，不是只有希特勒屠殺猶太人才是大事，不是只有九一一才是大事，或者奧斯卡頒獎應該設一個「頒獎日的今天，悲情紀錄片」特別獎，這樣，就不會只是「白人的奧斯卡」，克里斯·洛克也不會從頭到尾都在強調他黑得沒有錯。

二二九也是全地球的，曆法算出也規定必須有這一天，如果是休假日，台灣在勞基法實施前，二十八年才一次，後來週休二日變二十八年兩次，現在因為二二八國定假日，二二九如果是週一，再加一次變三次，討論這個幹啥？萬事萬物要避開這一天，如果你想慶祝的話，四年一次，一不小心會換主角的，提醒今天出生的娃兒，以後生日要連慶祝四天，或者每個二二八都要暖壽，知道嗎？危險哪！

幸好，我們每一個需要慶祝的日子都不在二二九。

兩個女兒很快又睡成一氣，我知道小女兒是沒有假的，她在旺旺集團的時藝多媒體，經年累月做活動，活動辦到哪？公司都會在附近幫她租房，這個意思是說，她是沒有假的，日出以及日落，有假是她自己放的，每次最多一天，不管哪一天？這個好習慣源自於早年報館，她的總經理就是我以前那個報館轉戰過來的。

八點鐘了，乾脆叫醒全部，因為小女兒要去中正紀念堂上班了，她最近的工作是辦「冰雪奇緣冰雕展」，已經幾十萬人去看了，這個也是老美的玩意兒，Disney 的，時藝多的工作人員有八十幾位，都可以辦十幾個展了，人仰又馬翻，古道、西風、瘦馬的「馬」。

九點鐘 HBO 的奧斯卡 Live 就快了，邀大女兒和娘子一起看，大女兒很樂意，因為她生在我們家，對於藝界，已經被深度感染，並且很專家，她認為李奧納多狄卡皮歐一定會拿到奧斯卡最佳男主角，一定要印證，零時差印證；娘子則隨口表示 Live 沒有中文，她看下午的。

頓時氣氛有點僵，才誤解二三九的上班與不上班，又要逼一個人承認她的英文程度，然而我是很聰明的，我根本不知道她的英文程度，真的，因為三十三年來我們都沒有印證，就像她是客家人，很少講客家話但你絕不能輕忽她的客家語程度，現在，只要她說沒有就沒有，而九點一到，她也來看了，也真的沒有中文，唯一的中文是系統台凱擘的看 HBO 奧斯卡 Live 就抽獎。

當主持人非裔黑人克里斯・洛克說如果主持人需要經過提名程序競逐，他永遠沒機會當成時，娘子也笑得很燦爛，女兒笑我不稀奇，因為她去年剛去美國進修三個月，可是娘子不是說她英文不好嗎？幸好我都不相信，但不管相不相信，日子總是一天一天過，就像詩萍在今天「給書煒四十歲生日情書」第二十九篇說的：所謂特別的一天，不就是我們全心全意過的每一天嗎？而今天就是台灣的二二九。

冗長的節目進行著，其實 Tempo 也是滿快的，也是不錯看的。

其實今年奧斯卡的「白人專屬」，也包括沒有亞裔、更沒有華人，以我這個愛國愛得要命的人而言，會覺得意興闌珊，只剩下新聞專業、演藝專業必須，勉強看看，但除了女兒執意的李奧納多・狄卡皮歐以外，我和娘子還期待看王中言去年十月二十二日在信義威秀十三廳，因為要籌拍「黑貓中隊」紀錄片《飛將在》，而請大家看的《間諜橋》，結果皆大歡喜，李奧納多・狄卡皮歐如願抱了最佳男主角小金人，《間諜橋》馬克・勞倫斯也搶下最佳男配角。

以下是去年十月二十二日ＦＢ的內容，大家再看一下，如果不看也可以，本文結束了。（照片請見臉書）

就是現在，王中言在華納威秀十三廳請看電影《間諜橋》，由於劇情與開美國Ｕ２的「黑貓中隊」（桃園空軍第三十五中隊，二十八個飛行員）若干神似，中言把相關的黑貓教官請到現場來了。

下一次在同地方，將看黑貓的《飛將在》，照片中的人物故事，將會跑到劇中，包括飛回來與被俘的，感謝中言讓我們先睹為快。

《飛將在》開放給我臉書朋友共同拍攝投資，請自洽王中言。

Buy the way，也感謝柯Ｐ在暴雨中派來一部綠三十二公車（松仁、市府shuttle bus）搭乘，該車在停止待紅燈時全車大顫抖，好似車齡一百年，我直到了黑貓中隊現場，拍照時全身感覺還抖個不停，所以照片無法令大家滿意，真抱歉！

至於公車車號是020-FY，司機已經盡力了。那部車引擎該ＭＯ了。

讀著，一本一九九九年九月二十一日搖不動，迷戀以及思念，愛情的書。

為玉景六十歲生日留紀錄之九

多年了，我和娘子都是愛書人，小時候從四郎真平啟蒙，武明算術、狀元算術各讀寫十遍，以後四書五經、山海經、二十五史、資治通鑑，各種經史典籍，凡是古書、西方哲學書無一不歡，並且著迷。後來看古龍、查良鏞、李敖，尤其是驕傲的李敖，他是一個治史的我認為的科學家，考據精準，讓我覺得士大夫當如是。

我娘子數學不佳，但中文好得不得了，包括書法，是新竹柳公權、王羲之，一九七六年，大學考國文近一百二十分（含作文，加計四分之一，滿分一百二十五分），進了文化新聞系，用她的程度駕馭新聞文字，小菜一碟，當然她也愛看書，但因為工作關係，她後來常看一些台港暢銷的，小本的情愛的書，說是對寫影視新聞有益，並且可以紓壓，我常覺懊惱，拜託她只租不買，免得尸位我家書架。

說這句話，其實有些欠公允，我們從戀愛開始，除了送她我寫的書以外，還開始了寫情書當飯吃，但當我退役後，就再也沒有寫過一封情書給她，也不再寫任何一篇文章給她兼去賣錢，長時間以來她看不到動心文章，只好墮落一些，看些我口中的不三不四文章，我怎能怪她？

每一個階段都有一些不同的書，講到女兒，大女兒，啟蒙書是巧連智，我其實不是太喜歡，當年只為了要捧代理商聯廣廣告賴東明兄的場。它是期刊，對小孩影響深遠，我難免想到龍貓、村上春樹、宮本武藏、三島由紀夫，想到日本女生的社會二等地位，想到我的老闆王效蘭女士對日本的國仇家恨，心情真複雜，離開民生報到聯合報以後，連續十年都舉家到日本過年，都不知道是不是很糾結？

更糾結的是照豬養的二女兒，很大一部分都承接姐姐的東西，並且適度破壞，並且不是很喜歡閱讀，她喜歡運動，國中是游泳校隊，看水比看書多，我們疼她，表面上表現出不會太在意。

我和娘子也有帶期刊出國的習慣，其實旅遊不會有太多時間閱讀，在車上我也絕不看書，但帶著周刊到異國，感覺好像比較不會斷層，又可以隨看隨丟，不增加負擔，雖然全世界都可以看到BBC、CNN，但你還要邊看邊口譯，雖然甜蜜卻是負擔。

《達文西密碼》出版那年，我買了兩本，其中一本就是帶到日本過年，看了四晚才看完，意外發現四個晚上娘子都打呼，並且很肆無忌憚，同床十幾年，從沒聽過她的鼾聲，不是她旅遊太累，就是旅遊放鬆心情，我居然從第一天就迷戀她的鼾聲，並且每天期待深夜來臨。

十五年來，我還花了很多時間看了兩種書，一是ERP（enterprise resources programming），十五年前聯合報系第一個媒體導入ERP，在政大上了兩個月的專業科目後，展開長達五年系統訪談與導入，其中英文專書幾乎有一個人高，五年都讀不完，我是挑著看的，雖然簡單，也乏味，但工作嘛，總要裝個七分樣。

另一個是郵書，除了贊助作者出書以外，各式各樣的官方、民間的郵集以及港澳台各地 AUCTION（拍賣），我都蒐羅，愛集郵的聯合晚報同事蔡詩萍，不知道有沒有像我這般瘋狂，這些書看起來都是寶，除了寫書人需要專業是寶，內容也是寶，珍郵珍封古今珍幣，在在都是財富。

這些郵書定期出刊，書中自有黃金屋，我於是相信了，我娘子十五年來看我對郵品的喜愛更甚於她，是有些吃味的，但看在我和陳守煒（出了三十幾本郵書）十五年來，因為固定每週六都去牯嶺街報到而沒時間幹壞事，並且賺了一些錢，也就釋懷了。

或者，她是迷戀我的始終如一，一如我也迷戀她，都六十歲的人了，還看不出歲月在她身上留下的痕跡。

談到旅遊，我們承認歐洲是首選。我和娘子的工作，除非是公務，否則無法同時同遊動輒八天十天的歐洲、美洲。有一年，台視「強棒出擊」節目出外景到法國、瑞士，娘子是唯一的採訪記者，我雖然是編劇之一，但對民生報而言，我不是工作，同行的有我的老闆王效蘭女士，她是回法國領第一次騎士勳章，我總還是有避嫌的味道。

同行的明星有林青霞、鄧麗君、巴戈、鄧美芳、何篤霖等，沒有創節目時的主持人盛竹如和沈春華，王發行人是老法國，巴黎任何一草一木羅浮宮，都歸她管，要拿破崙有拿破崙，要約瑟芬有約瑟芬，甚至要奧地利的瑪麗·路易莎這個配偶也有，拿破崙這個法國大革命總司令，後來當了皇帝，法國人最大，也就是老闆，王發行人此行是接受法國老闆，也就是法國總統頒獎，和安排中國旅法名畫家范增和美女林青霞、姜玉景會面，我如果可以同行，你知道光一個巴黎隨便的路邊咖啡，就夠我和娘子浪漫一輩子了。

說到同行的鄧麗君，雖然我和她弟弟長禧同齡，每週的酒友，但從未和姐姐謀面，娘子和鄧麗君法瑞行之後，一九九五年五月八日，當娘子應歌神張學友之邀，準備登機到ＬＡ拍新專輯《真愛》時，那是他的《吻別》專輯台灣地區破百萬張（一九九五年唱片發行全世界第二名，僅次於麥可·傑克遜，超有名的瑪丹娜只能在旁邊稍息站好），卻突然傳來鄧麗君猝死在清邁，男友是法國人……

人生無常，該浪漫就浪漫，當大家都依依不捨鄧麗君時，我都認為至少她親炙了法國，也有浪漫的法國男人，郵政總局總也為她發行了郵票，千秋萬世留名郵政博物館，和百萬買她郵票的鄧迷，就像法國郵政總局為畫家趙無極發行郵票一樣，總是不枉此生。

長禧後來在二〇〇八年七月二十三日客逝上海，享年五十四，他幫姐姐完成一輩子未到大陸的憾事，與大陸人一輩子崇拜的法國留學生鄧小平同享哀榮（小平同志一九九七年二月十九日歿）。

後來，我因為工作帶媒體團旅遊需要，單獨去了法國三次，後來也分別走了歐洲十幾個國家，甚至一九九九年九月二十一日台灣地動山搖時，我剛好在丹麥到挪威的遊輪上觳觫著，從來都只能看著娘子的影像，揪著心。

如果說旅行是一本走動的書，這一定是一本一九九九年九月二十一日搖不動，迷戀以及思念，愛情的書。（照片請見臉書）

唱著梔子花，就祇是花，站在水瓶中，就一直無止境的香著。

為玉景六十歲生日留紀錄之十

我空軍退役第三天即北上，暫住二姑媽家，本想回山上去找老夫子，問問看兩年前的系主任人令還重發否？或者興業基金會還缺總經理嗎？

這時候，適才由眾「退伍酒」中清醒回鄉，中華民國每個退伍的軍人都會經過的一段，不是什麼大驚小怪的事情，不需要大肆聲張。

出發前，無意中看到一家大出版公司——環華圖書公司，徵業務員，心想，這不是可以成為華岡印刷廠的大客戶嗎？去看看先。

我沒寫過履歷，倒是看過一堆別人的，就依樣畫葫蘆，面試時經理說：「老兄，我們是徵小兵，不是找大將軍，別搞了！」

同期將錄取二十名，我其實是有興趣探個究竟的，便直接改以前記者身分拜訪總經理，三句話他便錄取我，並且開始上班。職務是業務員，工作內容是賣套書、叢書。

這算是比較有文化氣息的直銷，我祇花了一天時間就弄懂所有產品，並大部分都讀過，第二天便開張了。

說實話，賣印刷品比製作印刷品難搞，公司六百個員工，每個月達成十萬元業績，所謂 TOP SALES 的，不到一半，後來又知道這一半裡面，真正賣出去的，又遠低於一半，老鳥們為了獎金，吃貨吃得凶。

這個環境我很快就貨真價實竄上來了，就像賣保險一樣，親朋好友難免，但大家不願去的掃大樓，尤其是「嚴禁業務員進入」的大樓，簡直處女死了，通常我十天就做到月 TOP SALES 目標，於是第二個月升課長、第三個月升主任、第四個月準備升副理時，我卻找總經理談，我說：「你公司快週轉不靈了，快倒閉了，我不用看你的財務報表就知道，不跟你爭總經理了，我走先，釣魚記得找我。」

我還是留下我的企業診斷書給總經理，換他以後真的找我釣魚。環華圖書最大的弊病是倉儲物流和財會脫鉤，未能管控業務和收款機制。

隨便舉例，我賣百科全書或套書，買一送一，或買這送那，公司查不出我降價，好賣得很，一個月賣幾十套都沒問題，由於百科全書等未一次出齊，付款也允許分期。

問題來了，我每月無論賣出多少，都可以喬繳十萬元，拿TOP SALES最高額獎金，並且可以無限制記帳取貨，我組裡面的老業務員少則幾十萬元，多者早超過數百萬元以上，他們實際收回來的錢最多衹有一半，還要暗損以便於每月當TOP SALES，接受榮耀，聰明的你，應該很容易算出每月至少有幾千萬元應收帳款，是收不到錢的，是空氣，是被業務員肢解的，這公司又不是第一天開，相信應收帳至少有幾個億，就算你完全了解，但也來不及改變或停止，大家吃定公司，債多不愁，停止那一天就是倒閉那一天。

我曾經是大印刷廠總經理，這種客戶，邊印書可以邊收錢的，除非累計太多，影響我付材料錢，我是不會貿然停止合作的，於是哪天我或者同業停止供應環華圖書印件，它就倒了。

我離開三個多月，環華果然停業了。

我娘子當時在電視綜合週刊（老闆是程崇文，一九八三年倒閉，負債不到千萬元），我藉機接觸諸多藝人，以我作家形象，將公司高品質套書，正常「原價」賣出不少。我娘子是不知曉我上述種種，我離開環華，她默默支持，沒有言語，我是B型沉著型，她是O型猛暴型，當時一定憋死了，但她當時一定很愛我，寧可委屈點。

就這樣，離開退伍後第一個不經過考試的工作，然後上陽明山找老夫子去。

我其實是無厘頭的回山上，結果老夫子不在，那串門子囉，回去新聞室華夏導報，方蘭生主任熱情接待，也談到他的子弟兵我以前同僚，現在在媒體的就業情況，他突然問我，依我的學經歷，有沒有興趣到經濟日報專欄組，我愣了一下，好像很有道理，尤其是他強調必須具備碩士資格，英文要好，這不就是我嗎？

他當即打了電話給該組劉朗主任，劉主任說確有這個缺，但總編輯交代暫緩議，還問我可以等嗎？

方主任不待我回答，又打了電話給當時經濟日報總經理簡武雄，簡總說他也兼管民生報，問我願不願意到民生報讀者服務組，職稱是記者兼業務專員，這好像又是我的屬性，我趕緊說好。一個鐘頭後，我出現在簡總辦公室，他祇淡淡的說，我相信方教授，你是拿著我的老臉皮去民生報讀者服務組上班，請加油！又十分鐘，我已經坐在六樓民生報辦公室。我已經把系主任或總經理職務拋諸腦後了，這一點，十天前剛和我訂婚的娘子，全然不知，她實在很大膽，祇知道努力工作，全然不知道我對工作的率性，如果民生報的待遇不好，不知道會不會後悔跟我訂婚？或者她對我的愛已經習慣，已經習慣在預期以後長期不自由前，先放我自由。

我和娘子都愛花，婚後她在忙碌間也喜愛買花，好像每個女生天生就愛花，然後被愛花的男生愛。我在陽明山六年期間，住過五個地方，除了大一兩個學期住大倫、大賢兩個大宿舍外，其餘三個窩，幾乎天天都放了或插了花，這和我住在學生活動中心時，插花社社長常捧著她和家政系同學作品來有關，我和家政系營養組的黃添敦住一房，空間自然不會太大，常被這些迷人的花群擠壓，以至於室如芝蘭，家政系有太多女生常常把我和阿敦的房，當她們的房，但當時我心裡已打造一個國樂女生的琴房，祇能無意識的消受滿室鮮花香，等候一個一直杳然的音訊。

以後我搬到福壽橋畔，梅七也常摘花來，我也養成摘花習慣，但我們都不是插花社的，摘的花，例如梔子花，就祇是花，站在水瓶中，就一直無止境的香著，而我或我們，就毫不留情的享受著。

我娘子進我配偶欄後，生活買花一如我的 tone，買什麼就擺什麼，不會剪，不會插劍山，就像我們的愛，不加工，很直接，於是變成一種習慣。

以後的日子裡，家裡有關花的部分又有三個女生加入芬芳，分別是歐陽菲菲、周思潔、葉青。

歐陽菲菲遠嫁日本，經常請歐陽龍的姨子傅媚代送到家裡來，然後兩個人婦在有一小時時差的空中，可以無時差的聊兩三個小時，聊到東方既白。

我有時都會擔心菲菲老公式場壯吉桑，在北國的冬夜，蓋不暖被子，傅媚正好開花店，每次送來的花大到一個誇張，比她的鎮店之花還大氣。

這讓我想到一個比較，有一年經濟日報發行人王必立過五十大壽，和同屬雞的四位企業老闆同祝，這可是大事，我的總經理林國泰託我辦花贈，我找周丹薇處理，阿丹忙了兩天，做出一隻巨大得差點拿不進會場大門的鳳凰，與菲菲的花可堪稱一時瑜亮，這件事在企業界傳為美談。

講到「亮」，新光的吳東亮兄（一九五〇年生，妻是大明星彭雪芬）、寶來的白文正兄（一九五二年生，曾和王必立聯手在北投吟松閣灌倒我和梅三周正賢，二〇〇八年，因為喜歡游泳，選擇回故里澎湖跳入海中。）在酒宴中，舉此事，都屢為之羨。

留日的歌手周詩潔，小虎牙，感覺很日本，小小隻的但很大氣，我三代同堂家在「太子東都」八年期間，過年的花都是她包辦的，符合我老娘和娘子喜愛的，碩大而美麗，嬌豔喜氣不已。

葉青則是和楊麗花齊名的歌仔戲小生，早年分執華視和台視兵符，收視保證。葉青不是送花來，是送台灣養生蓮花茶來，她不送鮮花，興許是認為我已有一朵，並且已經習慣，不要再添亂。

我娘子婚後一個月，也循我模式，由方蘭生直接向聯合報創辦人王惕吾舉薦，進入民生報影劇組，會認識這些大明星，泰半都是他（她）們是她的採訪對象，歌仔戲還有一個小生，李如麟，她奶奶是我外婆堂妹，她也算我遠房堂妹吧！我覺得有些榮耀。再一個是遠在屏東的明華園，團長陳勝福老婆孫翠鳳也是小生，我們兩家認識得早，小孩甚至是同一年生，當年跑這個團體有點辛苦，真是台灣頭跑到台灣尾，兩年後我們搬到台北市基隆路的忠駝國宅（西村），家裡常請客，有一次我提到明華園，敘說我娘子的辛苦，有一個大導演孫榮發忙不迭起身鞠躬道歉：「孫翠鳳是我妹妹。」啊！兩位都是孫性，他兄妹我分別認識多年，不經意才在酒後連結起來，我懷疑我不知道當時有沒有說明華園的壞話？

我娘子當年進民生報影劇組的主任是陳啟家，他在我結婚時才認識我娘子，也才知道一口流利中英文的我，其實是閩南人，以至於一個多月後我娘子去報到時，他派給她的路線，除了國劇、電視新聞以外，所有歌仔戲、布袋戲、閩南語劇、閩南語唱片都在她身上，理由是影劇組沒一個閩南人，她老公是閩南人，她一定會閩南語。

我娘子從小在竹東客村長大，高中才離開竹東念竹女，大學以前，從未接觸閩南人，一句閩南語都不會，甚至她是生來被我教閩南語的，真是天大的誤會，幸好她在電視綜合週刊什麼路線都跑過，加上我的相濡以沫，沒問題的啦！

感謝啦！送花給我家的朋友們，你們豐富了我家，使我家娘子坐擁賢慧，我也無須早熟，祇要習慣不斷的、源源的愛即可。（照片請見臉書）

鵝鑾鼻坑子內的貂蟬，怎麼就離開二十年前戀戀呂布？

為玉景六十歲生日留紀錄之十一

我和娘子的熱戀，其實是相隔兩地的，很不自由的，從虎尾的空軍基訓一個半月到花蓮分科教育三個月，再到台灣最南端鵝鑾鼻下部隊。四個多月分隔就像當時台海兩岸，像南北韓，也許我們的進度只須寫寫信就足夠了，關於寫信我們兩個又是專家，我們都共同認為，關於兵變的可能性是很小的。這一段時間，爭吵是完全不存在的，怎麼吵？看不到怎麼吵？

下部隊就不一樣了，我有固定連休假，八天，加上經常代表部隊不同部門北上公館聯隊部開會，再加一天，也順理成章必須搭機到松山機場，到台北市忠孝東路四段二一六名人巷（當時還沒有名人名詞）會我娘子，一解相思，以及愛戀，再回彰化老家。

這還不夠，娘子偶爾也會南下到部隊勞軍，說勞軍是名義，其實是查房，或者減低彼此疑慮，減低兵變百分比。當時本部隊的預備軍官一期只有三位，行政官、財務官、醫官，我是行政官，財務官是政大企研所畢業，醫官是台大醫學系高材生，每個都是老頭子，每個都有女友，我們一如一般戀人處理我們的感情這個業務。

這個年代，手機還沒問世，就算有，部隊也不准使用，部隊最先進的有衛星電話，有拐拐，那是專業士官的業務，我們只是他們的長官，用不到，我們這些老芋頭想念我們的愛人，和家人，只能寫信，或者打電話。部隊外面有兩家 Hostel，一家是本部隊的，當年建給偉大的領袖蔣介石，算是行館；另一家是聯勤俱樂部，有電話，但我們的愛人都在新竹，或者台北，我的娘子兩地皆是，必須打長途，因此只能到部隊外坑子內唯一的一支公共電話排隊，這是大家疼愛女友的方式之二，不需要摸索。

二十年之後，我們都已成家，孩子們都大了，都按二十年前的預約對象，而且相約一路歌詠到原部隊，探詢我們最初的愛戀聖地，結果山河依舊在，只是舊顏改，已改換完全不同型態部隊。

還在的，聯勤 Hostel，柯師傅頭銜多了些，老李還是老李，還有坑子內小雜貨鋪，那個雲林北港嫁過來的老婦，她的後代，當時還是小屁孩，的壯丁。

還有她的鄰居，一個酷似貂蟬的美女，倒追隊上的動力官，一如當年電子官娶了恆春鎮長的女兒，我們其實是很在意的，娘子們卻都狐疑，因為她們都是我們親愛的革命情感家人，因為柯師傅說，貂蟬終究離呂布而去，我們的娘子們，這一段涉入不深，難窺全豹，不理解我們的心事。

坑子內還有二十年前的老士官長韋瑞基，洋名 Whiskey，他是我任內幫他辦的退伍，全領才三十幾萬吧，沒有十八趴。他的老屋，依舊乾淨，小而美，盆樹又多了些，我們這一趟來之前一年，他走了，一如他退伍後想方設法回了趟廣西老家，又匆匆回來了，他還是習慣這裡，一個人、一條狗，幾隻自己來的貓，和幾十盆造景樹，以及我們個別偶訪，一瓶酒、一鍋飯、一隻土雞，好幾盆菜。現在門關著，一如他在的繁華以及孤寂，我們揮了揮手，把他揮進心坎，並且敬禮，再會了Whiskey。

我用的Whiskey多一個E，也是正宗的英文，不是我英文有多屌，而是韋士官長始終一個人，多一個E，其實是他的職銜，正好可以代替大家在天家與他作伴。

我們的隊長梁國傑來了，他是個很好的長官，當年他管得很寬，很嚴格，隔壁的通信三六台、專門幫我們站衛兵的陸軍警衛排，都是圍牆內他擔任總指揮官的轄區，他舉例並且解了一個二十年前的謎，一隻土公雞的故事，可能是三六台的，因為越過內界，跑到本營區，他追了許久，為了安全起見，把牠綁了起來，正法了。他有點靦腆，因為那隻雞不會講話，無法審判，為了結案，就宰了牠先。

他也是知書達禮的儒將，對隊上的老士官長沒有任何官架，因為這些人年紀都比他大，都是為父、為兄的年紀，他可以一口氣說出當年全部老士官長名，以及形狀，不知道空軍選主官是不是都要考這一題？還有他引以為傲的，我們這一批預備軍官，因為許醫官在他任內，參加空軍三民主義講習班，得到全空軍第二名，使他在聯隊部、司令部都風光。

隔年，換了隊長，換我更進一步拔冠，其實這些都不是我們這些充員兵可以妄想的，隊長說他算是長了知識，因為他就是職業軍官，他說嚴重沾了我們的光，我想也是啦，許醫官當年考大學聯考，應該就是十幾萬考生的前幾名，三講班得第二名，應該是空軍第一名保留給了職業軍官，而我得第一名一定是空軍忘了保留，或者因為我是職業作家，全國獎項已經得過幾次，空軍不敢矇我？

這些以後，大家都開始比孩子大小，並且訴說當年各自結婚，都沒有集合部隊的憾事，也許是各自回到原生地，各自父母忙不迭主婚了佳人璧人吧，後來的相聚，相約定要聚孩子們的婚宴，這一晚我們都在談孩子以及婚宴。

我和娘子婚宴當晚有兩個場景，一個在彰化縣埤頭鄉老家，那是我娘親家鄉，是旺族，人丁旺盛的旺，親戚幾千人恐怕是有的，但我們很低調，在我家鄉下地方前院花圃就埋鍋造飯，我同學的爸爸是總主廚，擺了三十桌，剛好是我的年紀。

當晚有兩個男人很嗨，一個是老太爺，因為我同學說我是小學班上以及全校第一個考上研究所的，這也不知道是從何說起？我有點覺得是應酬話，但反正老太爺相信，老岳父相信，大家都相信，老太爺便喝得大舌頭起來；另一個嗨的是我，新郎官自兼擋酒大隊，三十桌近四百人個個乾杯，喝完以後還想從頭再來一遍，事後，隔天酒醒了，家人說我老是強調老婆外號「一杯倒」，酒全是我自擋的，這也太猛了，我是兩杯對客人一杯嗎？

我愛老婆疼老婆到這種程度，你說我喝醉了嗎？還是上述都是醉話？隔天我還清晰記得洞房花燭夜，遵古禮，把大女兒準時，喚來了。

第二個場景在台北，前女友同班同學王振全包辦了台北場的婚宴，他當時是韓香亭餐廳老闆的老公，我不知道他趁我當兵時，就把了一個有錢的老闆，我曾說他答應介紹更優的女生給我，但食言，他只好自己來，他只好規劃兼主持我的台北場婚宴。

我和娘子都很低調，在台北六年學生生涯，同學因為當兵時間不同，幾乎沒聯絡了，印刷廠有兩百位故舊，太多了，近一點的，退伍後的環華圖書公司（當時還健在）和民生報讀者服務組同仁，加上娘子大學幾個麻吉、一桌硬要來的明星、東大傳播同事（現役），就這樣十桌搞定了。

當時沒有太正規典禮，我岳父也沒有把女兒的手交給我的動作，他認為早都把女兒給你了，不必繁文縟節，許是他愛女兒的一個方式，他才是真疼她的，養她二十六年，我卻一夕得到她，將來我的女兒出嫁，我真不知道我會怎麼做？

典禮簡單，儀式卻是很隆重的，王振全當引言人，一口京片子，當時我認為他是台灣第一，介紹人有三個，一是娘子小叔，當時我和娘子的新房就在他永和中正路家，無償居住；第二個是方蘭生教授，他是我和娘子在同一單位時的主管，牽線我進民生報，本婚禮後一個月，他也把我娘子引薦給我的老老闆王惕吾，也進了民生報；第三個是華視新聞名嘴，真正的早期高水準的名嘴，高信譚，三個高手把我們的婚禮開場，拉高到國情咨文等級。

父母親家顯然都很滿意台北場，小而美，就像我對娘子真實無華的疼愛。

這一晚，動力官的曾經美女，貂蟬妹妹，未來訪，她的容顏其實更像一九九〇年，我和娘子陪周遊大製作，一路從江南到漠北拍攝電視連續劇「瑤池金母」，的女主角邱淑宜，她溫柔而婉約，配了男主角余帝，那個有著余天的歌聲，卻老長不大的容貌，到現在我都不願意和他拍照，免得自慚形穢。

這一晚，我們的孩子們，許醫官的最小，因為他和愛人生了六個，每天晚上晚點名都要點很久。多年後，這六個小許醫官清一色全進了台北醫學大學，這恐怕又是全國第一名了。

所有我待過的報館，你們的菜就在這裡，可口而溫馨。我是經紀人，也可以經手這六個，的新聞。（照片請見臉書）

女人四十一枝花，不斷盛開，無法停止，並且燦爛。

為玉景六十歲生日留紀錄之十二

一九七三年暑假初始，在彰化市台灣大戲院看西洋電影《女人四十一枝花》，該片原名 Forty Carats，不知台灣哪一個天才片商把四十克拉翻成一枝花，從此以後就沿用迄今，成為形容不老女子的代名詞。

哥倫比亞電影公司真的找來四十歲的 Liv Ullmann 演女主角，男主角飾演二十二歲的小男友，同時劇情安排他也是女主角女兒的男朋友，那個年代，那個年紀，我只比男主角小三歲，融入劇中的愛戀四十歲女子，是一件很艱難的事。

最艱難的事還是外表，儘管電影公司千挑萬選，但老外就是老外，老外 teenage 無論男女都ＯＫ，在我們那個年代，印象裡，老外女生四十應該就像亞洲人的六十，像祖母，而台灣則是媽媽。

然而我怎麼會去看這個電影？是因為看了前一個電影看到本片預告，看到 Liv Ullmann 不美豔卻楚楚可人，像一個嬌弱的小姐姐，一時間崩潰了，有想被她保護的衝動，有想取代那個大我三歲的小老外的衝動（對不起，我一直想不起來他名字）。

當年還真是年少，看男女主角親熱戲，不由自己全身發熱，身體都躁動起來，像不像祖母都拋一邊了。

再來，接觸四十歲的女人很多次，都是她們主動邀請我的，原因是我的名字關係，你應該知道我在說什麼？感謝我爺爺，他幫我在戶口名簿上起的名，所有親戚從不叫我官方名，直到我成名了，他們才知道，這是後話。

我也不確定她們是否真的四十歲？因為中華民國法律規定男生不能問女生年紀，我做過五個公司總經理，當然可以從我抽屜或電腦調出，如果是我員工請我的話，但那是多無聊的事，又不是被找去當老公，不會有真實年紀的問題，當然也不會有犯沖的問題。

倒是娘子就很清楚了，我們互相蓋過結婚證書的，她四十歲生日那年，已經歷經十三寒暑，大女兒都已經上國中，二女兒已晉升小一了，在北國的北海道全家人、五個家庭的人見證，度我們的第二次日本蜜月了。

四十歲是很奇妙的年紀，中華民國憲法規定，年滿四十歲才有總統、副總統被選舉權，解嚴後李登輝、陳水扁、馬英九都符這個條件，不管他們做了什麼？他們都經過老百姓的選擇，換句話說，他們都是經過至少四十年的人生歷練，績優，而受信賴的，才當選的總統蔡英文，一定是傑出的四十歲以上的女生，如同我娘子，將來無論她做了什麼事，希望都是我們四十歲領域上極致的發揮，給全民最大的希望，而被深深鼓勵的。

幹我們這一行的，藝人其實在以前，四十歲已經算老人了，當我們十幾二十幾歲時，喜歡的藝人，不會超過你歲數的 Range，例如凌波，那是父母或者是父母長輩的菜，隨著年齡漸長，那些你一般年紀的藝人，也隨著你長大，仍然是你的菜，也許也就一輩子了，伴隨我們長大的，鄧麗君、鳳飛飛、蘇芮、江蕙、蔡琴、張信哲，乃至於小虎隊、草蜢、劉德華、張學友、黎明、郭富城，李宗盛……不勝枚舉，都超過五十歲，當他們四十歲時，你甚至都不會覺得他們很大了。這十年來，我和娘子選用了很多年輕歌手，像王力宏、張惠妹、蕭敬騰、蔡依林、楊丞琳、蔡健雅……等等，但也用了類我們年紀的歌手。

年輕的歌手，像前年結婚的周杰倫，離開吳宗憲後，一直都在楊峻榮身邊，一直都在我們共有的協會身邊，大陸的表演，也一直由協會的理事長公司安排，好像他就是我們身邊的小孩，現在三十八歲了；蔡依林，三十七歲了；王力宏，剛好四十歲了，這些歌手的粉絲也由父母輩傳給小孩，很快的，他們都要四十歲了，四十歲又當如何？我們年代的凌波觀念，好像改變了，現在通常只有當結婚以後，粉絲才會有一些變化，像劉德華五十歲才結婚，實在有不得已的苦衷。

娘子是伴他們長大的記者，她們都管叫她姜姐，意思大概就是她比這些歌手都大，或者是尊稱吧，當大家都過一枝花或一根草年紀，好像就是這麼自然，這麼的不惑。我們在大陸辦商演、走穴時，大城市，小城市，有時一趟車千山萬水，年輕的藝人看到娘子還是精神抖擻，沒人敢喊累，陪同的經紀人和保鑣，也沒人喊累，雖然他們肯定很累。這就是我要寫這篇的理由，某種程度上，我們好像在做四十歲的事，在真的凋萎以前，即便是過了四十歲，也要忘了年紀的堅持下去，才能為還有的興趣，打造長城，不是嗎？

永遠記得，二〇一一年十二月十日，我和娘子帶黃小琥去湖北衛視出赤壁外景，從湖北衛視武漢到赤壁，兩小時車程，高速公路和顛簸馬路各半，當天赤壁活動全大陸各省書記都到了，湖北衛視的車隊全調往支援，只留一部商務車給藝人，我帶的藝人還包括內地的阿蘭，怎麼辦？兩個藝人加七個工作人員不可能擠一部車，幸好負責車輛的劉松老弟調來台內一部爛爛的麵包車，但問題來了，藝人必須和經紀人、梳化、保鑣在一起，兩個藝人一定是分開兩部車，但誰去搭麵包車呢？初冬的武漢和赤壁，除了冷還是冷，麵包車是沒有暖氣設備的，真不敢想像南方人怎麼搭這冷冽的長程車？

按理黃小琥在台灣歌壇的地位，是不會輸給內地阿蘭的，但小琥感念我們幫她在內地打天下，尤其又是全大陸實況轉播，二話不說，搭麵包車去，又體諒我娘子，請她帶阿蘭，搭商務車，留下我這個老頭子和她這一組一路晃晃到赤壁。

這一年，一九六三年生的黃小琥，台灣 The Queen of Pub，四十八歲，深懂孔融讓梨，真的是四十歲又怎麼樣？台灣「滅絕師太」也變成柔軟的小女子，在大陸發光，事後總導演也來致意，並答應以後有機會會多用小琥。

這個年代的人，四十歲真的才只是人生懂事的開始，也使我不禁歌詠我娘子和黃小琥，引我和娘子共同的大學校訓：質、樸、堅、毅。

我的老友蔡詩萍，最近出了一本十年來的新書《回不去了。然而有一種愛》，超爆賣，由上該兩個主題併成，現在又在臉書為嫩妻林書煒寫四十歲的生日情書系列，已經超過三十幾篇，可以單獨成書了。他寫四十歲，我也受他影響，就為即將六十歲的娘子，也可以有些情書吧，做個屬於兩個人的紀錄，詩萍大書煒十七歲，火花肯定很另類，很綻放，我著重在實體紀錄，任何紀錄皆可考，也就是學生時代流行的報導文學。

兩相比較，六十歲顯然是比較吃虧的，但我就將她當四十歲使，一樣是一枝花，一樣精彩，四十歲有的，娘子也都有，並且把書煒當女兒看，不會有人對女兒吃味的，我一直這麼認為。

總是女人四十一枝花，不斷盛開，無法停止，並且燦爛。（照片請見臉書）

人生最痛的兩個刻痕，便在內心深處，典藏著。

為玉景六十歲生日留紀錄之十三

一九八〇年春末，華岡車上妳招手，就開啟我們相識、同事兩年多以後，那一剎那電光石火，伊始。隨後我通過碩士論文，畢業了，準備在妳生日那一天到虎尾空軍基訓地報到。

這時候我最窮，再見了華岡印刷廠總經理、再見了企管系系主任，再見了月薪兩萬元，一直到下部隊任職行政官，月薪三千五百元，還不到自立晚報付我一篇稿費酬勞，於是我繼續寫小說賺錢，賣身給國家這個勞什子義務役，能怎麼辦？

其實過日子是假，男生的心理壓力才是主要原因，我們在我軍旅生涯正式規律交往，很互相認定，當然一年十個月很快會過去，縱然這樣子我們也才約會二十二次就要論定婚嫁，是真的就這樣進行著，我們真的在我退伍不到半年的「自由日」訂婚。

那一天下著小雨，天寒又地凍，彰化的天空嗚咽著，新竹的冬風呼喊著，我實在有點緊張，面對妝扮成和化妝師一個樣，有如日本藝妓的妳，我忽然覺得陌生起來，其實我多盼望妳不要化妝，那個清秀又真實的妳，比日本藝妓漂亮一百倍，但是沒辦法，這個儀式是昭告兩方親戚必須的過程，而化妝又是人類必須儲藏內在的工具，像穿衣一樣，幸好妳手指沒化妝，我還能認識並且很準確又快速的戴上婚戒。

那個年代，一九八三年，雖然不是太古代，台灣卻也還在戒嚴時代，男生三十女生二十七已算晚婚，這也是我們奉父母命，急著完成終身大事原因，我的壓力來自於妳是富家女，我不是，所以我退伍三天就毅然去賣書，希望在短時間就能累積財富和妳匹配。

我其實是不必那麼急的，念研究所伊始，我已經就業，並且是一般普羅大眾一輩子都很難做到的二百人公司總經理，證明能力無虞，只要規劃得宜，富岳家是不會看不起的。

環華百科賣書毋寧是成功的，雖然沒有累積多少財富，但補實了我業務基本功這一塊，將來如果不去教書，勢必從商，沒有基層經驗是不行的。

訂婚禮是在我當環華圖書公司小主管時，雙方家長訂下的，可是訂婚時我已經準備把環華圖書公司 FIRE 了，也不敢讓雙方家長知道，雖然對自己胸有成竹，但婚姻是兩個人的，妳雖然對這個只約會二十二次的男人百般信任，但我相信妳必須面對妳的富裕原生家庭，妳是很焦慮的，壓力比我還大，以至於臨訂婚前，妳說我也許可以考慮以寫作為業，為了這個，我很不爽，我從來就是作家呀！可是在人生走到這個當口，又不是還在當兵，心境還在休息，我怎麼寫得出來？我的意思是說，上帝給我極佳寫作能力，是點心，我認為是不能當正餐的，這也是我三十三年來不再寫作賺錢的原因，因為我正餐吃得很飽。

天啊！多少人無法具備的能力，卻深深刺痛我，更心疼的是妳為了我，壓了千鈞巨擔在肩上，而這必須是我的能力去執行，妳是愛莫能助的。

訂婚在岳父剛裝修完成的一個新房，席開六桌，請竹東最老牌、著名的日式餐廳「口福」老闆來家外燴，這一刻我才放心下來，不只是因為岳父同意這門親事、不只是岳父親叔是新竹縣議會議長，不只是岳父大可在新竹最有名的大飯店開宴，你知道他大女兒嫁給竹東首富廖家，廖家已經很精彩，親家等更是頭臉，台北的福華飯店、北醫等的正牌老闆，都在這家，還有人當人壽公司董事長，甚至是中華民國財政部長，這且不表，岳父用我同名請廚，並且專門打造一個客廳能容納六桌的豪宅場以示隆重，霎時我已不只是趾高氣揚了，簡直就是王子了。

訂婚後真的馬上離開環華圖書公司，也即刻回山城進行、規劃重作馮婦時，意外進了民生報，結婚後隔月自己穩定了，也不想再回山上，也複製妳進民生報。

婚後，我才知道我有大小姨六個小舅一個，那個年代也算是大家庭了，比我當兵的同事許醫官，以後在新竹執業，共生了六個小孩，並且都讀台北醫學大學，還多一個，孩子的媽都是偉大的女人，而且很巧都姓陳，我的父母漳泉各異，但也都姓陳，生命中各種巧妙交會，真是讚美造物主啊！

婚後每月回娘家是一定要的，我很快習慣和岳父說閩南語、岳母說普通話以及他們大概不讓我知道，就說客家話，天知道不到一年，我已能聽懂九成客家話，這事一直到十幾年後，岳父在造訪他的大姨，爬上蓮霧樹掉下來，才曝了光，我也才知道岳母姐妹只兩個，陳金妹、陳銀妹，就像日本百歲人瑞金銀婆婆。金妹適鄭，前新竹縣長鄭永金便是族輩，姐妹都嫁給望族。

岳父摔下樹，有點受傷，我直覺好笑，哪一個鄉下人男生沒爬過樹、摔過樹，可是妳臉色很沉，玉鳳淚流不止，這還是我這輩子第二次看她掉眼淚，我很尷尬的收起戲謔，我們在探視岳父時，我隨口和前往的親戚用客家話應答起來，才曝了光，岳父很驚訝，幾乎忘了他是受傷者。

這時我也才驚覺岳父早已過耳順年，雖不是太老，但絕對是老人了，老人摔下樹除了是老頑童外，也說明體能已衰，不若青壯，唉！我怎麼這般幼稚呢？也許在台北的妳和玉鳳，哭的是老父的年老不堪，不是傷勢，對不起，我兩位親愛的家人。

此後，我常感覺妳有壓力，偶也焦躁，但絕不是因為工作關係，而是父母健康問題，這一點妳是不會說的，我只有自己解讀。

未幾，我奉調聯合報，才幾個月，岳父驚傳小中風，顏面神經失調，新竹南門醫院絕對滿足不了岳父要求，他是不像個病人的病人，從南醫轉林口長庚。初時，林口長庚像個小鎮那麼大，但根本排不出病房，不管是幾等的房，玉鳳在電視台因為跑過線，很快幫她安排權宜進加護病房，我們的一顆忐忑心終於掉下來，此後每天在加護探視時間往返林口，心情是愉悅的，唯一哭笑不得的是，這個不是加護病房等級的病人，每天吵著要吃滷肉飯。

過完年，年初三回娘家，岳父看起來已完全好了，只是老了些，我們外出吃飯，祇為了他要吃滷肉飯，我們勉強依了他，他滿足直說這才是客家最棒的食物。我隱約總覺得不安，但老人家要的，不就是一碗香噴噴的飯嘛！就一碗飯會再吃出顏面失調嗎？要不這麼著，過幾天，來個全身健檢，好安大家的心。

終於，他還是接受建議，一個禮拜後到台北宏恩醫院接受徹底檢查，接受原來他要媒妁給玉鳳的主任級醫師治療，這是他至為喜歡的年輕人。

一九九八年元宵節，仁愛路上一條直通通大街，掛滿一串串花燈LED，遠處中正紀念堂花燈晚會整裝待發。

凌晨四點，岳父卻在宏恩醫院病房接受電擊，無效。醫師滿臉愁容說岳父選在凌晨三到四點間心肌梗塞，普通病房每個小時的查房救不了三五分鐘就無力回天的這種症狀，除非在加護病房上呼吸器才監測得到。

我們當然知道這不會是醫療疏失，因為是主任級的醫師親自治療，各項檢查都ＯＫ的病人，只等是做復健的病人怎會去加護病房？

是哪，在林口長庚他就是越級去了加護病房，所有病患都插了管或呼吸器，躺著，只有他升起病床，等著我們去探視時要滷肉飯吃，他真的也太頑皮了，這個老頑童，怎麼就忘記呼吸了呢？或者他再病重一點，就可以用機器看好他的呼吸。

某種程度，岳父算是有福報，搭了特快車回到天家，他和家人都不用和病魔戰鬥太久，只是這種話我不能說出來，妳一定很了解，一向有眼淚的妳，在岳父七七後，就再也不流淚，是我很擔心的情況，我寧願妳哪怕是無理取鬧也好，發頓脾氣，大哭一場都是好事。

我只能心疼，岳父生前最鍾愛的女兒。

寫這篇文時，已臨清明，和岳父同齡的我的父親，剛過世兩年多，他是農曆大年初九，更早於岳父的元宵日，兩個老人都選在過完中國年就急著回天家，這人生最痛的兩個刻痕，便在內心深處，典藏著。

我一次懷念兩個老頑童，禁不住男兒淚，撲簌簌濡濕了案前電腦……（照片請見臉書）

跨年無垠的暗夜，煙火熱烈鋪著雲毯，可以躺在那，等待黎明開門。

為玉景六十歲生日留紀錄之十四

二〇一五年底這一天，也不過是三個月前的事，三個月來每個月都發生了許多事，對我和娘子，以及我們的行業，都是新鮮的事，首先是自民生報收攤以來，我和娘子第一次在台北跨年，也是二〇〇三年娘子和民生報，第一次和TVBS辦台北市第一次跨年，以後，重回舊地，歷經十三年，今年第一次易主，改由三立電視獨家得標，意思就是無人搶標，張榮華是我好友，我無意點評這樣的改變是不是有濃濃的政治味道？還是精打細算的柯P苛刻的條件嚇退了連莊十三年TVBS？

而高雄義大世界的跨年晚會，五年來也第一次停辦，我和娘子第一次嘗到不必在半年前搶藝人的落寞，所以也才有時間在自家頂樓，第一次記錄久違了一〇一大樓煙火實況。

跨年煙火實況，好像遠久了，已然離開南台灣習慣了的喧囂，卻又在隔一天，我帶著多滄桑的楊培安趕赴舊地，也是義大世界，皇冠酒店，少東的高爾夫球會晚會。

那一天南台灣下著小雨，應該是嗚咽前一天不見的幾十萬人，嗚咽前幾年好不容易搶來的藝人表演，還有長在這兒，在義大世界發跡的謝金燕。謝金燕才在我卸下中國時報廣告部總經理職時，我和娘子便帶她在苗栗國際藝術季表演，忽然就嶄露頭角，又過沒好久，義大跨年晚會，家鄉更多的觀眾，一夕間讓她直接變成大牌。

培安的演唱會，意外碰到老友前立委周守訓，他也在台下接培安遞過來的麥克風，高音接唱，他說他參加過歌唱比賽，也很優秀，可以上台演唱，只是他還是比較鍾愛用講的服務人群。

一月份的另一件大事，比較是我的嗜好，是集郵界最近盛事，那就是世界郵界知名的水源明窗後代，透過香港Spink，在一月十七日第一次賣出水源明窗蒐集七十年所有中國郵票（水源明窗博物館票品除外），結果共拍出港幣八千萬元，其中最引人注意的是他擁有一八九七年發行，存世三十一張的紅印花小壹圓其中的三張，除一張必須放水源明窗博物館外，其餘兩張分別以四百三十二萬和六百二十四萬港幣（含佣金）拍出，雖然不是紅印花小壹圓最高價，但一次出現兩張卻是郵壇幾十年盛事，香港 Spink 已經盯了水源明窗多年，也簽了約，卻還在習近平打奢兩年多以後出手，也還能有這個價錢，集郵的魅力，可見一斑，這個新聞，只有聯合報報導，但是未提此票，只報大龍票未發行草稿圖，有點遺憾。

一月份還有「世界船王」之稱的長榮集團創辦人暨總裁張榮發，二〇一六年一月二十日上午十一時辭世，享壽九十歲。

從前，長榮集團的廣告是自發，飛機上看到的那本刊物，集團的出版公司統籌宣傳廣告，聶副總總是最好的公關，沒有藍綠，對各個媒體雨露均霑，我幾次帶著菜鳥到桃園訪，吃素菜，感覺很新鮮。

張創辦人的名言：「人生很奇妙，讓你懷念的很可能都不是錢買得到的東西，有時事業做再大，最想要的卻是簡單的滋味和真心的對待。」

是的，真心的對待，是錢買不到的，服務業是這樣，男女戀人也是一樣，互相吸引是一回事，互相真誠對待往往卻是試煉，稍有齟齬，親人好似仇人，難哪，長者活了快一個世紀的話語，當把他保溫起來，閒時啜飲之。

至於現在，大房、二房，孩子們的戰爭，以後再記錄。

二月和三月則是藝人折損月，記錄如下：

二月五日，孟庭麗拍攝台視「加油！美玲」時昏迷，治療十一天罔效，病因是流感導致肺炎，家屬認為是過勞，她往生時同時是民視「春花望露」要角，享壽五十一。

二月二十日，閩南語歌〈多桑〉的主唱，洪百慧，肝癌病逝，享壽三十九。

三月十二日，劉天健在北京死於心肌梗塞，享壽五十三，但董事長樂團貝斯手大鈞爆出劉天健不是死於心臟病，主唱阿吉也透露恩師是因醫療疏失而逝世！

三月十七日，林良樂長期飲酒，死於肝腎衰竭，享壽五十三。

這幾位每一個至少都比我年輕十歲，真是天妒英才，其中劉天健一生都是音樂人，他是詞曲創作者、音樂專輯製作人，當過 SONY 和 WARNER 兩家外商唱片公司總經理，早期也是樂團貝斯手，三月二十七日他在北京的合作夥伴，幫他辦了場追思會，辛曉琪、伍思凱、潘美辰等參加，四月四日，台北的朋友將為天健辦正式追思演唱會，這個演唱會音樂圈總動員，相關的工協會、唱片公司都會參加。

過去，演藝圈不少藝人因肝疾病逝，如主唱〈如果還有明天〉的搖滾歌手薛岳、飛越黃河兼導演的柯受良、「台灣爵士女王」王珍妮、廣播DJ大衛王（王再得）、台語歌手陳一郎、資深藝人大目仔（方保琇），當然還有去年六月，年僅三十一歲的前「可米小子」成員安鈞璨也因肝癌撒手人寰。

記錄這種事情，真是心情沉重！唉！

收拾起悲情吧，繼續記錄娘子足跡，二〇〇六年十一月底，民生報吹熄燈號之後，我即刻規劃娘子投入各縣市慶典演唱會投標，她專責歌手募集，二〇〇七年即和製作人李惠和台視在雲林斗六辦國慶晚會，適巧我剛離開基督教論壇報業務部總經理職，兩人全力投入。這幾年，我和娘子陸續協辦了另一場澎湖國慶晚會、新北市耶誕晚會、苗栗四場國慶國際藝術季晚會、台中縣跨年晚會、連續四年高雄義大跨年晚會、花蓮跨年晚會等主要藝人統籌。

第一次總是令人難忘，就像初戀，歷經百戰、尋尋覓覓的兩個人，藉著跨年，更添情愫，那一刻間，台上聲嘶力竭，台下跟著起舞，彷彿大型wedding party，令人很難不情不自禁，我和娘子也很想，我們也想無論是第一次或任何一次，可以去找尋我們熱情的初衷，可惜我們因為工作關係，雖然住一〇一附近，卻大部分在中、南、東台灣辦跨年晚會，我們分別帶領歌手，指揮現場，聯絡因為趕場遲到，必須調動唱序的意外情況，我甚至在義大皇冠酒店監看大陸湖南、浙江、江蘇、東方等衛視直播跨年現場，了解市場及藝人在跨年晚會的動向，這時全台所有戀人，總是在各地跨年現場互相牽緊手，但我們卻無暇牽手，只能想像在無垠的暗夜，煙火熱烈鋪著雲毯，可以躺在那，等待黎明開門，曬恩愛的事只能留給台下那幾十萬人！（照片請見臉書）

音樂總監劉天健，怎麼在第一排二十號缺席了？

為玉景六十歲生日留紀錄之十五

音樂人劉天健走了，他選在二〇一六年三月十二日，多肅殺的北京，大家的記憶都已遠去的孫逸仙博士凋萎，以及植樹節，這時候我和娘子剛好在連雲港開會以及打拚，腦筋一片空白，思緒頓時進入早年參加SONY唱片，全歌手在上海八萬人體育場的拼盤演唱會，已經長大並且和當時的音樂總監劉天健玩瘋了的庾澄慶，還有王力宏，還有最後一次見面，飛越黃河的「亞洲飛人」導演柯受良，他是去看兒子柯有倫，SONY唱片歌手，他很引以為傲的，比他和劉德華唱〈壞小孩〉還得意的演唱現場，還有稍早柯受良在北京的私人酒店，我初識孫楠，嗣後，孫楠成為大陸第一歌手，然後柯受良走了，早早的二〇〇三年十二月九日。

而現在，劉天健也走了。

這樣的消息，在當晚我們會後餐敘時，仍然衝擊著我們，我選擇用比較多的酒精，一方面幫我的老友擋酒，另方面正好來麻醉我的清醒，隔天一早，我仍可以繼續我們「茶」的行程，但娘子卻被「一杯倒」了，她外號姜一杯，許是她正好也和我一樣，需要點酒精調整思緒，多喝了比一杯多一點點，就只能在商務旅館休息了，但她也不得安寧，以下是回台後，她和天健老婆劉振華的對話之一：

天健，這二十多年來，每高升一個職位，每成就一個項目，都打電話給我：「姜姐，幫幫我哦！」這已是我和他，這二十多年，打招呼的一種方式。三月十三日，一早，我在江蘇連雲港，朋友傳給我天健走的訊息時，那一晚，我在夢中，已聽到天健熟悉的聲音：「姜姐，幫幫我哦！」

而其實，天健一走，我們立馬就知道，因為我們原來就是媒體呀！

天健在北京的友人，也是他的合作夥伴，三月二十七日幫他辦了場追思會，天健最早期的「Starcaster」band友張耕宇代表參加，我和娘子從連雲港返台後，基於台北的朋友認為以天健在音樂界的地位，在他的家鄉，應該要有更隆重的場面，於是有了四月四日在台北華山Legacy的正式追思演唱會，我家娘子便參與籌辦了。

台北場追思演唱會發起人，有台北演藝經紀人交流協會創會理事長王祥基、福茂唱片老闆張耕宇、杰威爾音樂楊峻榮、著名作詞人李焯雄及錄音師楊大緯等，追思會費用，平均攤出，但收的奠儀則全數交付家屬劉振華，可見天健的好人緣；娘子則是此次追思演唱會慣常工作，媒體總監。

兩週下來，所有藝人或表演或參加或話語，都湧到她手機，甚至海內外各媒體都探詢轉播的可行性，這些我們實在無法決定，都丟給家屬以及藝人。

去年我和娘子、王中言三人組才賣了王力宏的新歌演唱會、蕭敬騰春浪新歌演唱實況直播給騰訊，還有台視的紅白，可見版權是需要買賣的，真的不是我們可以片面決定的。

追思音樂會，由袁惟仁主持，共有文化部長洪孟啟、文化部影視及流行音樂產業局長張崇仁、台北經紀人交流協會創會理事長王祥基、劉天健遺孀劉振華，表達思念被思念，還有福茂唱片老闆張耕宇、李宗盛兩人純講話追憶。

表演節目有兩位金曲歌王王力宏獻唱〈最後一首歌〉、庾澄慶唱〈男人哭吧不是罪〉、動力火車唱〈無情的情書〉、趙傳唱〈給所有知道我名字的人〉及「目擊者樂團」被天健磨了三年了還未出輯的〈回憶的角落〉。

這樣的卡司，包括官員都和天健有關係，已經可以證明他是超級大牌了，超級音樂人、超級貝斯手，媲美他曾擔任 SONY 和 WARNER 兩家外商唱片公司總經理。

以下是藝人的話，大體都表達天健的喬事情本事，和磨音樂功夫，當然還有些無厘頭。

張耕宇說：天健很會喬事情，第一次一九七九年他已經是「TNT」黃色炸藥樂團，卻來喬我當主唱，但我是吉他手，怎麼當主唱？第二次、第三次也都很無厘頭，但結果卻喬成我的樂團合併為一個樂團，沿我舊名「Starcaster」，我也當成主唱兼吉他手。

張耕宇現場解密說，其實當初真正會用天健是因為「Starcaster」的貝斯手功課被當了。

王力宏和天健交情二十年，見面都用英文打招呼——Hi! Man，但也只有這一句，力宏說其實天健英文是不好的，力宏是ＡＢＣ，好像對英文要求是高的，天健怎敢造次？但天健曾擔任SONY和WARNER兩家外商唱片公司總經理，英文是母語呀！

動力火車感恩出道第一首歌〈無情的情書〉就賺錢，雖然他們被天健操慘了，一操四天四夜不睡覺，晚上通宵完、白天接著打高爾夫，如此凡四晝夜，到第五天，兩部火車熄火了，天健還一個人去打高爾夫，這其中還多次罵他們不會唱歌，不斷嘗試不同曲調，害他們無所適從，但結果卻成功了，很成功，動力火車感謝天健，天健卻說不必謝，他也賺了一點錢，在袁惟仁逼問下，動力火車說三個月來，那一點錢是六百萬元。

天健兩個孩子的乾爹趙傳，是一路哭泣著唱完〈給所有知道我名字的人〉，懷念天健時，還是斷續抽慉，他說天健是最了解他的人，所以怕天健甚於李宗盛，當然也是磨功，這時李宗盛差點從椅子上掉下來。

李宗盛則說：「你終於走完你最後一個山丘。」他不斷讚美天健的場子還不錯，將來他也希望有這樣的殊榮，人都有這一天嘛，不是嗎？他規劃自己還要寫十五年，將來有更多的歌可以來妝點節目。只是老李，你寫的還不夠多嗎？

哈林庾澄慶跟天健最鬧，他只說天健最喜歡哈啦，他好像不認為天健操人，但如果他喜歡操人，一定跟張耕宇有關，不能怪天健。

現場還播放周杰倫、蔡依林、張艾嘉、李玟、莫文蔚、張信哲等四十六位藝人的錄音檔或手稿VCR，感謝劉天健為音樂界付出。

張艾嘉回憶近幾年他常打電話與她聊天：「他笑容常在我腦海，那燦爛陽光模樣，叫著張姐好，是我心中永遠的劉天健。」李玟說：「不論時間相隔多久、多遠，你會一直在我們心中。」蔡依林感謝他留下的美好，「笑容永生難忘。」

而最奇妙的，天健今天也受邀參加，做他的音樂總監，「劉」在他生日的座位上，第一排二十號，聆聽他的追思會，好像他又重生了。

天健和我們一樣，九年前都和台北經紀人交流協會創會理事長王祥基，一起為台灣音樂在大陸發光打拚，這期間因為兩岸對演藝界態度不同，台灣歌手在大陸備受禮遇，大陸歌手在台灣演唱卻是被百般刁難，甚至是不允許的，大陸的國家廣電總局不止一次在我們拜會場合，要求我們釋出對等善意，可惜這個麻痺政府，不知道在怕什麼？不知道在縮頭什麼？真是怕反大陸的選民抗議？始終都在原地踏步，引申出來，就像各種有利兩岸的服貿、貨貿，主事的不夠周延，審事的一竿子打翻。眼看著，韓國的ＦＴＡ已經開始，將來如何與韓國競爭？韓國國民所得已超越驕傲的台灣，我都不想說了，政府一定怪罪在野黨，但，經濟停滯，我認為雙方都有責任，需要各杖五十。

幾年前史亞平新聞局長任內，台北經紀人交流協會創會理事長王祥基，帶領大家，把新聞局給的金曲獎籌辦金額，從八百萬元增加到三千萬元，解決了老是東風電視台賠錢的窘境，甚至台視主辦金曲獎時，王中言、我和娘子，代表大陸騰訊給了台視光是轉播費就七位數，但掛名就讓新聞局和陸委會辦了一場足球賽，最後球還進了台視球門。

我在中國時報任廣告部總經理職時，受邀參加陸委會的一場對大陸廣告規範記者會，對當時副主委，直接請教政府是怎麼了？怎麼就怕騰訊五億大陸網民，好奇地看台灣馬英九總統，對金曲的頌揚，宣揚音樂的無國界，以及台灣過去大好的音樂環境，而且幾乎是無縫接軌的衛星直播？還是怕馬總統說錯話，折損台灣？

兩邊官員立馬來找我解釋，說我是誤會了，最後不是也播出了嗎？天曉得台視是懾於官員的淫威，對一個善意的贊助者多所設限，以至於台視答應的，無法全部依約達成，我火大，扣了台視一百萬元，消了一口鳥氣。

就是這樣，二〇一一年以後，天健覺得大陸演藝環境才是吸引人的，而且音樂比賽節目不斷推出，看來好像已經超越台灣，是值得去停泊的，於是靠灣在北京衛視，當「最美和聲」音樂總監。

以後，文化部成立了，取代新聞局，氣象是新的，好像再沒有發生這樣的事，今天部長、局長都來參加天健的演唱會，好像在對天健說：「你辛苦了，先休息一下，今天你有這麼多哥兒們與你話別，他們會繼續完成你的工作。」（照片請見臉書）

東南西北、春夏秋冬，長河裡的天籟。

為玉景六十歲生日留紀錄之十六

十年多前，我離開聯合報，真的就很悠閒了，這件人生大事，我認為是個優雅的過程，沒什麼好大驚小怪的，總是經過五年ＥＲＰ的朝八晚凌晨二日子，一旦閒下來，確實是很不習慣的，除了固定兩個半天爬山，一個半天上牯嶺街外，其他日子閒到可以當娘子和兩個女兒的專任司機，但時日一久，娘子便有些微詞，倒不是她認為為什麼只有她一個人工作，不公平，而是她覺得我還年輕，不應該這麼早離開拚鬥的戰場，尤其她認為我是報業最強的業務高手，應該再發揮。

以後到現在，我在其他章節約略提過，只是真正的過程或原因並不清晰，我願意說說清楚。

二〇〇五年十月離開聯合報以後，其實很快變成代理商，有幾個老朋友直接就把廣告丟過來了，他們認為我當時已有時間可以處理他們的廣告業務，尤其他們認為我有很好的業界關係，可以麻利處理到最好，像大豐無線的高點電視台成立初時，老友總經理就把活動和平面廣告都交給我，看似很複雜，其實很簡單，開台活動是河南少林武僧表演，車廂、戶外看板、路旗、廣播、報紙、周刊等業務，幾通電話便搞定，執行都不是我做，所以，還是很閒。

這些業務其實和民生報比較貼合，我也刻意把平面廣告至少一半給民生報，沒想到王效蘭發行人注意到這件事，便邀我回民生報，其實我著實為難，各種主客觀環境都難的民生報，我到底要從哪裡去做？幾經考量，我暫重回民生報廣告部門，因為王發行人還是比較屬意我在廣告部門，畢竟我之前是ERP報系五報廣告模組的召集人，她要我和總經理談，我認為我已不適合上班制，我選擇當顧問，如果發行人同意的話，我在想也許我來研發一個新的業務，以報系五報一網當載體，創造另類收入，或可一新民生報，但這事一直未和林總經理談，只是暫棲在廣告部，先幫幫已經熄火的房地產業務。

我心裡很清楚，報業已經嚴重走下坡，主流報紙都未必會賺錢了，過去創造民生報傳奇的事，主客觀環境已經遠去了。

正規畫著，就在我過完生日後兩天，二〇〇六年十一月三十日，民生報忽然就無預警吹熄燈號。

這下可好，我才武裝的業務情緒，頓時 down 到谷底，也好，本來就想休息，倒是娘子未滿五十，她的邏輯是斷不能退休的，她樂意被派至聯合報影視組，但依我對聯合報的了解，才剛 ERP 上線，裁員都來不及，怎還會加員？如果我是聯合報主管，這些依附過來的弟弟妹妹剛好成為祭品，我敢斷言，民生報編輯部門調到聯合報的，少有人會活過一年，後來果真應驗我話，只有總編輯留下來，這是後話，娘子也聽我勸，到聯合報上班一天，就退休了。

好了，現在有閒員兩枚，我倒習慣，但看得出娘子很快有焦躁感，她大概認為我們兩個都失業，兩個女兒還在學，未來好可怕，我說我還是有些廣告業務，我們也有一些資產，兩個房租人，房租已夠我們生活，加上我們的積蓄理財，年收入也數倍於房租，總之不會比兩個人同時在報館的收入差，但我知道這都治療不了她的不安，為了安撫她的情緒，我用她的專長，規劃經營藝人經紀，我一路教她，她很快上手，同年即和李惠執行雲林縣國慶晚會，經手所有歌手洽演。

同年，我們一起連續十年到日本過年的王祥基成立台北市經紀人交流協會，我倆一起加入當義工；同年，我應基督教論壇報林社長邀，擔任業務部總經理，發行和印務委託聯合報辦理，我變成聯合報客戶，又和聯合報系扯上關係，真是千絲萬縷呀！

以後，因為林社長的理念和董事未謀合，提早退休了，我也離開，和娘子乾脆就一起經營經紀業務，後來，娘子兼了伊林天龍國的媒體總監，結束後換我去同一個旺旺中時媒體集團，當了廣告部總經理，更以後，大陸業務太多，乾脆開了公司，自己當老闆過過癮。

大陸的業務雖多，其實台灣的業務也不遑多讓，這些年，總共為各個演藝單位規劃藝人演出凡國慶晚會兩次、耶誕晚會一次、跨年晚會六次，放眼天下，大概不會有人比我們多了，而這些全是我的「知人善任」。

談藝人演出這一行，不是人多就可以的，因為談的都是頂尖歌手，都很忙，無法知道他們的行程表，談不下去，如果不熟，談半天還在門口，一個活動主要的歌手三五組人，通常談一個月是很正常的，我家娘子則不會超過一天，有時候時間對了，一個小時也就全部搞定了，而且不會增加任何費用，難怪大家都願意找她，這是她和經紀公司老闆們三十年的交情換來的，過去她幫大家很多，現在，她繼續幫大家，他們互相的信任度是不需要去測量的。

甚至，同時間，例如跨年，主藝人只能站一個地方跨年，全台各地都在搶，我們跑兩岸，每天看微博排行和流量，知道大家追的排行名單，我娘子早在半年前就已經辦好了，現代人辦事是不是應該就這樣。

我說的「知人善任」，是因為我比較幸運，這麼優秀，以一當百的人，每天就睡我旁邊，手到擒來，跑都跑不掉。

這個跑不掉的女子，此刻真的就睡我右側，這幾天她為了老友劉天健的追思音樂會，回到媒體總監位置，把劉天健的朋友，一一串連起來，這些當然也是她的朋友，我的朋友，我們請天健坐在他的生日座位，第一排第二十號，旁邊剛好是他老婆劉振華，還有生養他的媽媽，他是備極哀榮的，難怪李宗盛滿意以及羨慕，還想以後思齊。這樣的活動辦起來當然是挺累人的，耳邊傳來陣陣規則鼾聲，我就知道天健正在跟她說話，並且是滿意的，彷彿她第一時間告訴劉振華那遠久了的話語又重播了：

天健，這二十多年來，每高升一個職位，每成就一個項目，都打電話給我：「姜姐，幫幫我哦！」這已是我和他，這二十多年，打招呼的一種方式。三月十三日，一早，我在江蘇連雲港，朋友傳給我天健走的訊息時，那一晚，我在夢中，已聽到天健熟悉的聲音：「姜姐，幫幫我哦！」

第一次把我們家秘密攤在陽光下，其實不是為我公司廣告，也不是為我娘子廣告，而是為我們的行業廣告，以及禱告，這兩年，大陸演出商對台灣藝人需求少了些，反而拜託我們找內地他們境內的藝人，找港澳藝人，甚至找韓國藝人團體，前線打仗的我們，真的有點擔心，因著天健追思演唱會，我們團結了藝人，也要團結觀眾的你們，音樂萬歲！（照片請見臉書）

這一夜亞歷山大・貝爾從遙遠的空間，一路叨絮來訪，一邊記錄，妳無盡的話語。

為玉景六十歲生日留紀錄之十七

當年的漫長記者生涯，講電話其實就是娘子的主要工作，採訪以及聊天，一種人際之連結，我總習慣在這個時候，一個人孤獨，尤其是深夜，總要孤獨到睡著，或者醒了，又繼續睡，總覺得他們才開始了序曲，我通常不在意，或者不敢在意，可是有些時候，當我有事，當我突然想要和娘子說話，也未必是一定要說，是一種感情表達時，卻感覺已經不是人際連結，而是氣結，當她講電話時，不只是講，而是進入遠端的情境，是拉不回來的，她就是這麼專心，以至於她的採訪對象三兩下都會被她突破心防，一五一十招供，然後變成她的摯友，他們都相信她，他們對記者的防心從不放在她身上。

她總說她是在採訪，但形式是聊天，總不能像法官問話，問三天三夜都是制式回答，怎麼會有菜？也變成傳聲筒了，所以必須是聊天方式，於是她電話不斷，早年只有一支新聞電話，為了讓她專心「工作」，電話不裝插播，反正如果有急事，大家都會打B.B.Call找，由我來負責轉告，通常我只要看號碼，大概就知道誰打的，如果我應酬不在家，她自己來，反正也不會有什麼麻煩，她總是可以和採訪對象相處融洽，大家都喜歡她，只是有時候我也會吃味，我必須和眾多採訪對象搶食她的魅力或者一切。

當然記者的工作偶爾還是會得罪人而不自知，大多數是互為競爭的藝人或者節目，有時候寫真相，看似幫宣傳，但如果不合採訪對象意，甚至都成為攻擊藉口，寫了還不如不寫，可是新聞就是新聞，新聞不是作文，作文有誰會看？有一次，她的B.B.Call連續出現奇怪符號，顯然是有人打不進來，又賣弄電信技巧不爽她，但不知道是誰呀？隔幾天，大過年，有一個拜年的製作人直接打電話來罵人，她都傻了，我一看苗頭不對，問清原由，娘子沒錯，我按回撥鍵，一定要她回飆，加倍奉還，大過年的，就當放鞭炮乒乒乓乓，熱鬧熱鬧！討討喜氣也不壞，但她其實還是有些驚嚇的，罵得氣若游絲，聽起來還像讚美對方，我想以後她大概不敢讓我知道這種事了。

這個製作人我不太認識，也許見過面，做他戲的藝人多少有些怨隙，我決定給他一點顏色，調出他所有播出的廣告，拜託每一個代理的廣告公司封他廣告至少一個月，沒太久他就匆匆收攤了，理由是收視率太差。聽說他曾很後悔，想求饒，可是我始終不知道，也沒接過任何相關電話，也許他曾打來發洩的那支新聞電話踢到鐵板，不敢再嘗試了，抑或者他拉不下這個臉吧！倒是演他戲的藝人來電話叫好，但是娘子始終不敢承認老公的威力。

打電話回娘家通常都是我來，許是她因為平常電話講得多，比較疲累，或者父母把她丟出來，交給我來照顧，從此沒有罣礙，問候父母的事就交給經紀人，那就是我，我是這樣想的，可能不對，可是我打得多是事實，我其實也很辛苦，縱使岳父母就是父母，可是大家相處時間不多，交情尚淺，三兩句總繞在問候和叮囑，把他們當小孩，岳父談話內容總會問我現在薪水多少？我從一開始的三萬元，講了十幾年，還是三萬元，我跟娘子說，她也配合，可是我一直擔心精如岳父，他後來是做土地買賣的，怎麼會不知道我買了信義計畫區兩棟房，外加新店一棟別墅，月薪只有三萬塊，不吃不喝都要耗上二百年的，真的是鬼話。

縱使如此，我還是很樂意代她效勞，謝謝他們養她這麼久，又教養得這麼優秀，這麼秀麗的佳人。我這麼寫，她其實可以幫我按讚。

以後我們因為小姨玉鳳需要，姐妹房子買在一起，搬了新家，電話變成三支，變成小總機，一方面兩個ㄚ頭也長大了，也有她們媽媽工作時的功力，這樣大家窩在各自房間可以盡興地聊，三支電話配成小總機，代表號就會自動跳號，偶爾她們也會接到藝人電話，跟藝人混得滿熟，這倒是我意想不到的。

一九九一年時，我們便有了手機，中華電信的090，後來改成0910，再來有0932、0937更多的中華子孫充斥了，曾有的黑金剛大機很嚇人，後來遠傳來了，台哥大來了，亞太來了，還有大眾的PHS，還有太多記不住了。

只記得老友徐旭東送我預付卡門號，我還開玩笑對他說改送他的私密門號比較實際，因為通話費是他付的，又付回他的口袋裡。記得他說不行，他說我們共同的朋友黃任中他都沒送，萬一我在我們的俱樂部喝酒露了餡，黃的身邊那麼多好看的女子都要一支，他去遠傳打工都來不及付，他就是這麼的……幽默。

徐旭東其實是要說手機的通話真的很貴，實在不適合長時間通話，以後家裡的三線電話還是比較實在，娘子還是某種程度嫁給了電話，三十幾年來幾乎所有各線叫得出名號的藝人，都曾打電話到家裡來，從前講最長的，台灣是江蕙，日本是歐陽菲菲，美國是方芳芳，的姐姐，都以小時或數小時計，當然現在較多用手機，手機的功能也大大改變了，App、Line、Wechat、Jego，說、聽、寫都可以，而且免費，月付額吃到飽吃到吐，也不高，真是進步！

最重要的，現在工作性質也大大改變了，工作和聊天真的可以在一起了，因為沒有寫稿壓力，只有工作賺錢的愉悅。

但無論怎麼改變，她們還如是交流著，卯起來還是天南地北，我現在也大方，那是她生活和工作的大部分，就請大家服用吧！也謝謝打電話來的朋友，讓我們賺錢又讓我們的姜總經理忙得人生有意義。

十二萬分感謝！（照片請見臉書）

愛像劉文正，愛像星期天的早晨，作鹽作光。

為玉景六十歲生日留紀錄之十八

也許是時代不同，抑或地方城鄉差異，我是高一才聽英文歌曲，一九七〇年，Yellow River 時期，到了大學，除了警廣，再加入 AFNT（American Forces Network Taiwan），也就是現在的 ICRT（International Community Radio Taipei），某種程度，我們是用來學英文的，因為發音和語調比課堂上的老師準確太多了，另方面可能也是用來炫給女生看的，一九七〇年代不知道尤雅的〈往事只能回味〉不稀奇，鳳飛飛也才剛出道，沒什麼人知道，只有高雄加工出口區的女工知道；但不知道 Billboard 排行可是不行的，家裡沒幾顆黑膠紅膠好像是落伍的，政府好像有規定只有會唱英文歌才能得到女生關愛。

余光便是這方面的催生者，他在警廣做了五十年，青春旋律、熱門音樂會，以至於他的愛不僅只是溫度，簡直沸騰了，二十年前我們同遊北海道 Club Med，村裡的 GO 對他崇拜有加，還有人以為他是台灣版耶穌，雖然當時他還沒信主，徒有「光」名。

後來已經信主的余光，繼二〇一三年得到廣播金鐘特別貢獻獎後，二〇一五年十月三日和台北經紀人創會理事長王祥基，在國父紀念館舉辦「青春旋律西洋流行音樂同學會」，一堆老人樂翻了天，我們彷彿又回到高中時代，大家都穿著高中制服，回到 Teenage 的自在和無憂。

也許認識妳的初期，我並不特別覺得妳是將來可以定錨的對象，加上我已有正進行中的女友，因此介紹我認識女友的人，一慫恿我將妳介紹給我們的同事時，都覺得理當如此，即便以後知道妳真的沒有意願時，也只能覺得可惜，因為兩位都很優秀，至少這個學校的日報是全校的最高公布欄，是妳的優秀學長創出來的，類似後來的社區報紙，比諸你們系上的文化一週，一樣是新聞系學生為主幹，但程度上要高一些，加上是以全校系所學生為招募對象，如非精銳，如何進入？

因此我們視華夏導報記者為高端分子，就像當年老三台記者，尤其是女生，是企業家第二代追逐的對象，如台視的陳昭如嫁入華新麗華焦家、華視孫自強嫁入台南幫吳家、民視唐可珊嫁入元大馬家，再有一個，台視陳藹玲嫁給富邦老闆蔡明忠，她們都極端低調。妳說優秀不？其中陳藹玲嫁蔡明忠，就是妳作的媒，我其實是知道的，還有些驕傲。

以至於後來上帝安排我們熟稔的兩位，在選定的時間、選定的班車上，轉彎過來，人生就是這麼奇妙，轉一個彎，便轉一個世界，但這個彎居然空轉了兩三年，啊！我們是不能可惜或懊悔這兩三年，因為過去是追不回來的，即便是超高速火箭都不行，愛因斯坦相對論，在時間這一塊，至少還未實現過。

我們靠愛彼此牽繫，都說了我們真正約會只有二十二次，妳的四年、我的四年呢，其中我們就認識三年，超過一千天，正確的說法是一千零九十五天，約會一千次都不嫌多，但是現實環境讓我們只能接續畢業以後的約會二十二天，而且我每次都搭飛機與會，都選在妳唯一的休假日，也就是禮拜天，也就是基督徒的主日。

二〇〇六年十一月底民生報畫下休止符，我雖然已離開聯合報，卻還躑躅於民生報，但這下真的無依靠了，妳遇到基督教論壇報社長林意玲，帶話堅持邀我去當業務部總經理，上帝就是這麼巧妙，在一個應該憂傷又對的日子裡，把一個非基督徒帶進一個一九六五年十月三十一日就成立，而我們卻陌生的國度，在這裡，小而美，全社六十人不到，發行委託聯合報，印報委託聯合報印刷廠，我彷彿又回到才離開的環境，經常邀集聯合報老同事開會，且一樣又沒有星期日，只是這個星期日是主日，是我們全省走透透的宣教日，我的新業務必須從這裡拓展。

林社長是個極優秀的過動兒，二十年來將基督教論壇報從周刊、兩日報變成三日報，邀我去是希望可以打造成每天都發行，我的理念跟她一樣，可惜她為此賭下了提早退休卻未獲董事會共識，基督教四大教派董事們衛理公會、聖公會、長老會、信義會不同意改變，她真的就退休了，當純董事，並去創辦網路醒報，我也辭離，擔任顧問，到二〇一〇年，三日報又改回兩日報。

就這樣，我的星期日活動從全省各地改到我家樓下，浸信會牧心堂，這一改變第十年了。

雅音小集創辦人郭小莊早年邀我和娘子信主，我和妳和她同念文化大學，妳和她一起上課，我和她同獲第二屆華岡傑出校友，同一天生日，她的助理也同一天生日，她就是這樣一個有情義的人，總是和她有相關的人在一起，我們和她的家人一輩子在一起，每年三個壽星一起過生日，卻遲未進基督國度，沒想到上帝轉了個彎，派林社長來決志，我們便走進每個星期日的崇拜，小莊和已超過百歲的郭爸爸，最是得意此事。

然而我們算是蹉跎了歲月，一定要趕些進度，劉文正的歌只能是輕伴奏，溫度力度只是「輕柔的風」，是要差一些的，他的飛鷹三姝當年紅極一時，民生報後來辦「金曲龍虎榜」明信片單一票選時，方文琳拿了一百多萬票，第一名，某種程度講，她也是最漂亮的，就像我娘子一樣，她住在是我初中念書的故鄉，彰化縣北斗鎮，我也覺得有些光彩，她後來是江蕙的閨密，一如我娘子妳之於江蕙，我覺得又光彩一些。

二十幾年來，大家都在尋找劉文正，尋找他的愛，「愛像星期天的早晨」，我也在找，娘子妳也在找，找他開演唱會，以我們對市場的專業，他一定會塞滿小巨蛋兩次，或者加一顆陳菊市長說的高雄「大顆蛋」，只是劉弟兄你在哪裡呢？星期天的早晨可以在教會找到你嗎？（照片請見臉書）

一個人，兩個人的千山以及萬水，不停歇。

為玉景六十歲生日留紀錄之十九

我們婚後根本沒有蜜月旅行，那個年代結婚，一九八三年，五月十日，我一五一十的告訴妳，剛到民生報三個月，就算我是拉著簡總經理的老臉皮進來的，也要從試用開始，就算我在四年前才剛當兩百多個員工，不輸給當時民生報員工數的總經理職，我當然知道可以休幾天婚假，但是人事室表示試用期間，「可能」不能休，罷了，親愛的老婆，就怪我吧，誰教我們長輩急著要我們結婚，等我拚過正式記者再說吧！

一個月後妳也進民生報，六月十八日進，人令前一天就生效，而且直接跳四級，原因是妳已當過媒體主管，這時候我知道更不能休婚假了，也罷，我們計畫著將來等我們工作一段時間，有一些成績了，用我們的年假到歐洲好好玩一玩，我們的老闆王效蘭女士也是報系歐洲日報老闆，我們想像一群人，像徐志摩，像我的研究所所長丘正歐，法國留學生，預約不是太久以後的浪漫。

這個預約終究還是落空了，原因是我們買了房子，我用我的專業趕在一九八七年初即搶購了「太子東都」，實在沒有太多錢到當時還很貴的歐洲旅行，等年中房子交屋時，妳的同事們很想也要買我們社區，當時房價已變成兩倍，妳滿意極了，根本已經不在意歐不歐洲了，剛好這時李季準幫台灣歌手天李在日本加入唱片公司做宣傳，邀請影視三大報民生、聯合、中時記者前往採訪，也邀我，我想了半天，兩報記者都是熟朋友，而且我當時已從助理記者晉升記者，又升召集人，跟老友也算匹配了，不如也參加行列，就當是蜜月旅行吧。

沒有歐洲，至少也是出國，季準兄想幫我出機票，但我認為既是蜜月，受人招待是有點說不過去的，於是我們在三年後有了蜜月旅行，而且有最專業的攝影師，聯合報攝影記者楊士正同行，他也是前日本共同社駐台攝影記者，最妥當了。

那一年最大的記憶，不是天李的風光以及一桌三十萬日幣的晚宴，而是在小酒館，日本人叫居酒屋，在駐日特派員張光斗的熱切指揮下，三個男人三個女生喝了兩打啤酒，還不怎麼醉，不太晃，這時已是午夜三點，離集合去機場只有三小時……

這算不算度蜜月呢？娘子說了算，她的確說算，可是我還是有些愧疚，總還是會戀戀歐洲，好幾個古帝國的國度，我總想去看看那些曾經征服亞洲的藍眼睛，他們是如何養成那麼厲害的本事，以及他們的文化古蹟。

下一個一起出國，還是循這個模式，一九九〇年，周遊大製作出中視「瑤池金母」外景，一路從深圳、廣州、上海、蘇州、山東、北京、烏魯木齊，也許還到內蒙，我和娘子第一次到中國，一切新奇得不得了，故國河山就在腳下，比書上還壯麗，還幽美，那些夢裡的駝鈴將要在後面的拍期相遇。

是啦！有一個勇者，成吉思汗，中國五千年來，用騎馬把帝國版圖搞得最大的皇帝，除了中國地標以外，一天到晚打架的中亞、西亞，以及東歐，都在他的版圖內，是現在大陸的三倍大，是台灣的九百倍，他的皇宮，是行動皇宮，半天就建好了，到處跑來跑去，柯P的行動派出所，八成學他，哪像各朝那些蠢皇帝，一輩子都在造皇宮，造行宮，甚至還造地宮，用盡民脂民膏去造荒唐歷史，難怪中國積弱，五千年只學會義和團，用雙手去擋子彈，那些曾經被成吉思汗修理的蠻幫，都能輕而易舉把中國打掛。

成吉思汗絕對是我的偶像，我上研究所還讀他的語言，中國經過明清兩代，還在民國時代民國十年丟了外蒙，可見蒙古人是不受控的，我在想，如果現在外蒙還在，說不定現在東歐和中亞、西亞又會講中文，美國這個二百四十年歷史的小學生，還怎麼去稱霸世界？

本次拍片，名義上說是另一個蜜月旅行，但倒像是我的生日旅行，我在北京和娘子過了我的生日，余天的弟弟余帝和邱淑宜（本劇男女主角）弄來一個大陸大蛋糕，跟吃糖一樣，我很感激他們，以後，我因為假期不夠，提前自北京返台，後來的烏魯木齊以及成吉思汗的幕帳，就留給龍冠武導演去蒐羅了。

以後我和娘子因為工作關係，出國機會多了，但都是各自出國，東南亞、美洲、歐洲、中國，尤其是歐洲，我們思思念念的歐洲，都只能各用照片去拼湊場景。

這期間我和娘子當然還有短暫的出國旅遊，一次自費星馬，團旅人數不夠，沒有導遊隨行，我好不容易出遊，當然搶當團長兼導遊。

另一次，也是馬來西亞，梁靜茹邀訪，光良導遊，我和娘子從當時世界第一高的當地人稱為 Corn 的 Twin Tour，從城市玩到海邊，玩到樹林，我撿了一大袋相思豆，真的很漂亮的紅，日本人說的正規「阿卡依」的紅，她說我以前大概都是這樣子去騙小女生的吧，我不知道如何回答？我想女生結了婚以後總是有些難搞。

「這一袋有幾百顆，可以搞一個軍隊了吧！」我說，她瞪了我一眼，以至於後來的行程我只記得光良帶我們吃的螃蟹美味得不像話。

再有一次是陳曉東邀到泰國，曼谷以及芭達雅，泰國是我去東南亞最多次的國家，泰航邀過我訪北、中、南，也就是清邁、曼谷、普吉島開高爾夫商務班次，走到腿軟，記得在普吉島 Blue Canyon 一場球吃了三次牛肉麵，越吃越餓，想到和娘子住在忠駝國宅時，走過光復南路去一家海鮮小店吃螃蟹，也是越吃越餓，那種美味，讓人越吃越餓只能形容食物的美味於萬一。

以後帶廣告公司媒體去過，也參加菲律賓一九九六年、泰國一九九八年亞洲廣告人會議，爭取到兩千年台北主辦權，當時市長就是陳水扁，經濟不景氣時，還買過泰國股票，賺了三個退休金，泰國簡直就是我的淘金地，但陳曉東這一次，我不是來數算退休金，又是來過生日來著，我爺給我起的這個名字真好，到全世界都可以自己作壽，以及幫他人長尾巴，陳曉東助理褚佩君就跟我同一天生日，後來她還進了民生報，當我娘子僚屬，這泰國到底是怎麼了？莫非傳說中的白龍王真有神蹟？我是基督徒，斷不會相信的。

一九九六年以後，孩子們大了，我們五個家庭相約每年固定到日本過年，一直持續十年，除了不必協調休假時間，讓同齡小孩固定交流，同時也是我們和各自愛人的不斷蜜月之旅，我們幾個年紀相仿，王鈞最小，相較之下，我最窮，他們都住大豪宅，但都沒有嬌貴之氣，我們小孩長大以後還經常聯絡，他們秉承我們的處世原則，也都沒有驕氣，也許這十年磨一刀，磨了一群小刀刀，他以及她將來也會在人生中一起或各自旅行，跟他們心愛的人旅行，祝福他們以及她們。（照片請見臉書）

你的身高，我的身高，都是最完美的比例，以及高挑。

為玉景六十歲生日留紀錄之二十

二〇〇六年十一月底，民生報熄燈，大部分的員工都像孤兒，退休或者離職，娘子去了一天聯合報，然後毅然申請退休。

然後我規劃她去做藝人活動，那是她工作的延續，然後我們和瑞星唱片老闆王祥基等幾十個圈內老友，從演藝工會出來，創立台北經紀人交流協會。

然後協會常務理事段國慶，不知道哪根筋不對，因著和娘子同是十月十日國慶日生日，就邀她當伊林模特兒媒體總監。

事情就是這樣發生的，四十年前我們的弱冠年紀，身高都高於中華民國國民的標準，四十年後的今天，不知不覺的，現代人優生了，富裕了，四體不勤了，坐著都會長高，第一次發現我尚未老縮的身高一六八公分，是低於男生國民平均身高三公分；娘子一五八公分，低於女生平均身高二公分·

其實我高一下學期就長這麼高，在當年排班上前半段，一定遠高於中華民國高一生平均身高，以至於我可以輕而易舉進入僅有十五人的田徑校隊，到高二時，彰化縣的男人跑百米，十秒九，已經沒人是我對手。

以後一直到退役，我從來沒有在任何田徑比賽中拿過第二，而且身高一直是一六八公分。

翻開現代各國領袖，鄧小平同志，一百六十公分不到，管了十幾億人，包括二二八公分的姚明；俄羅斯總理梅德韋傑夫，我們都叫他普丁一六三公分；義大利前總理貝魯斯柯尼一六五公分；法國前總統薩科奇一六五公分，隨便舉就四個優秀的地球領袖，一六八公分已經很高了，上兩個世紀的法蘭西皇帝拿破崙也是一六八公分，他也是偉大得要死。

娘子更神，小學六年級就長一五八公分，當時就算沒有最高，恐怕也是排在前頭二三，一直到生了大女兒，還是一五八公分，她在我岳父母管轄時期算是高挑吧！到我手上變成矮冬瓜，跟我一樣，都是地虎一族。

我們地虎一族的照說都是有些自卑的，但她不會，她有鞋千百，就像我那個菲律賓朋友馬可仕的老婆伊美黛一樣，但從來就少高跟鞋，若非不得已，從不穿，她的蘿蔔腿其實其來有自，她在職場上看到的巨人，如果不穿高跟鞋，都還比她矮，例如張小燕、李艷秋、白冰冰，還有一百多個，礙於版面，不一一羅列，她某種程度上是維護了她們尊嚴，一如她從不穿高跟鞋跟我拍照一樣。對不住了，被我點名的老朋友，妳們如果不是那麼優秀，可能還唱不了妳們名。

還有一個，我小姨，姜玉鳳，她也曾是歷經多家電視台的主播，一六二公分，老公一八一公分，女兒國二時就長到一七九公分，這已經不是高挑可以形容了，兩夫婦最擔心的不是賣高跟鞋的廠商失業，而是中華民國的男生夠資格把她女兒的日漸減少。

當時娘子公司旗下的模特兒林嘉綺、陳詩璇、林又立，還有一對凱渥轉來的雙胞胎姐妹，哪一個低於一八〇公分？穿起高跟鞋個個都是二百公分，照帶她們不誤。

但是伊林的長腿妹還是很引人注目的，平時走秀，所有的目光都集中在舞台上，看她們把所有空間都占據了，更集中焦點，伊林未賣給旺旺集團前，董事長段國慶經常和她們一起出現，還有幾個大個兒男模，段董身高一八八公分，站在其中，好像就是那麼協調，不會突兀，或者短小，倒是一九五公分的黃志瑋看起來真是大隻，因為他同時長壯，以後我們常有機會和這些大的人一起看表演、看電影，一起工作，還合作一起跨年表演，一次在台中豐原，一次在高雄義大。

以後旺旺蔡家接手，有報紙有電視，電視名人偉忠老弟也來加入，陳婉若總經理就把模特兒公司改名為娛樂公司了，更以後，段董賣掉最後股份給三立電視張榮華兄，從此伊林可以轉得更厲害了，你可以常常看到男女高個兒在演戲，千萬不要懷疑你家電視機怎麼就長大了。

協會的另一個會員，凱渥模特兒公司，也跟著轉型，林志玲就是典型的先知，她其實更早去內地拍電影，還被內地高壯的馬兒踹了一下，嚇了十三億多，加兩千三百萬人一下。我們總是想，在台灣演藝業還能領先大陸時，希望把已經不太多的人才好好擴充發揮。

以後，我家業務多了，娘子更忙了，有段時間幾乎每週都跑內地，而我剛好接受旺旺蔡老闆邀約，二〇一一年七月初，去當中國時報廣告部總經理，而同時間六月底，就在我們兩個人從湖北回台時，娘子毅然辭了伊林總監職務，而我們同時一出一進旺旺中時集團，蔡老闆並不知道。

說成這樣，好像沒有說到那個一五八公分的好話，有一天，在內湖的一個活動裡，和伊林首席名模林嘉綺聊天，這個一八〇公分的姑娘，坐著和我一般高，真的一模一樣的高度，她說模特兒通常只是腿長，坐著其實和大家都一樣，不會有人發現，她是低調的人，通常坐著，還有一個理由，她說在姜姐面前，他們永遠只有坐著的份，再大牌都一樣。

這樣的話，我當然知道她是在說笑，某種程度一次尊敬兩個人，或者嘲笑兩隻老地虎，但是我寧願選擇前者，第一名模的話有一定的權威性，總是在台灣這塊土地上，正有兩個優秀的，一個老人，一個輕熟女，正在唱著你的身高，我的身高，都是最完美的，比例，以及高挑。（照片請見臉書）

選舉總是想到歷史，給人類最大的教訓，是人類永遠不相信，歷史的教訓。

為玉景六十歲生日留紀錄之二十一

我長期在被貼上藍天標章的報館工作，但也因為工作屬性，始終不能也沒有藍天綠地之分，寫文章也不行，尤其是台灣多選舉，糾紛特別多。

說到選舉，必須從頭說起，台灣的選舉和新聞、廣告脫離不了關係。就和我和兩邊家族一樣，這輩子和新聞、廣告總脫離不了關係，大學工讀幹校刊記者，研究所做校刊編輯和增刊總編輯，退役後到民生報，編制是記者，又兼業務專員，聯合報管廣告業務，基督教論壇報管發行、廣告，也兼編務、晨晚編前會，中國時報管廣告業務，娘子是記者，小姨是記者、主播；小舅幹聯合報廣告業務，他（她）們都念新聞系，甚至我小妹後來也在台中聯合報從事廣告業務。

二十幾年間，由於時代在進步，廣告已不是單純的塊狀廣告，也不只是工商新聞稿，代之而起的是融入新聞間，不管是奇形怪狀的喧賓奪主式廣告，還是置入性行銷，在在都掠奪了新聞居住空間，甚至扭曲了新聞原意。

二十幾年來，我始終擔任業務和編務橋梁，從一九八九年報禁解除開始，初時廣告太多必須協調賣錢的領地出來，民生報最單純，雖然當時全盛期也達到五十七萬實報份，大於現時蘋果日報最大報份量，歷任總編輯都好配合，我在民生報負責編業協調期間，只接觸四位，但我把他們都羅列出來，從石敏、陳亞敏、陳啟家、薛興國、夏訓夷、宋晶宜、徐榮華、郭俊良、楊克明、陳念慈，一路下來。

聯合報就就接觸兩位，項國寧和黃素娟，國寧兄在我調到聯合報十五天前當總編輯，那是聯合報社慶日，九月十六日，也是人事調動慣例，我則在中國國慶十月一日調任兩個職務，聯合報和民生ＴＶ家庭週刊主任，聯合報在黃之後總編輯有羅國俊、游美月迄今。

現在進入選舉主題，我只講同時間總統選舉和立委，兩千年陳水扁當選中華民國第十任總統，之前半年，雖然台灣才經過一九九九年九二一大地震洗禮，受創很深，但選舉熱情總不減，選舉廣告持續半年漸次加溫，許是國民黨意識到改朝換代的危險，最盛時每天都有許多不具名的「一群……敬啟」，內容大體是罵民進黨的不是以及內幕，對於這些廣告因為有委刊人身分證，給總編輯項國寧看過後，大概都來文照登，其他友報也照刊。後來民進黨支持者專挑聯合報抗議，順便丟一些雞蛋洩憤，說是造福農民。

這時候老友趙少康來了，他不是來抗議，他是代表新黨直發廣告稿，他背書，通常各報發選舉廣告都是現金發，退點現金獎金，新黨是月結，但沒有現金獎金。

這時候羅文嘉來了，他是我開發組同仁的「客戶」，剛撕完聯合晚報的意興風發，我好奇見他，我們只是純吃飯，卻感受他猶如清末林覺民，小伙子，還很革命文青，令人喜愛。

後來李逸洋也來了，張俊雄也來了，都微笑抗議並且期盼聯合報主持公義，也希望知道匿名的委刊者名單，基於保護委刊人個資，我說你可以提告，法官自然會要求本報提供資料，張俊雄說告了這些職業打手，汙我格調，也幫人造勢，他相信聯合報「正派辦報」，隔天我要求所有這些類型廣告需全部署名，藉示負責，廣告量頓時少了一些，但這一段時間聯合報選舉廣告總共還收了一億五千萬元，以至於那一年報館還賺錢，但隔年就開始賠錢了。

下一任總編輯黃素娟二〇〇一年社慶日上任，經濟日報總編輯調過來，但思維不是太經濟，許是她一直都在編務上，不知道三大報也有虧損的一天，這時候報系已先一步在報業做ＥＲＰ，這意思就是預知可能走入虧損，將有大裁員，這時候廣告也開始走入我上述的奇形怪狀的喧賓奪主式廣告。

我絕不放棄每一個外商提案成功的奇怪位置和畸形廣告，經常和素娟有些爭吵，她其實一點都不了解廣告這一行，尤其台灣的廣告創意和購買公司，外商已占了超過九成，外商其實對報紙廣告已經成為附帶，並且漸次減少提案，集中到鋪天蓋地當時已有一百多台的有無線電視上。更後來大環境又改變，網路普遍了，連電視台都要頭大了。這時香港又一個不怕死的黎智英來台搶生意，真是雪上加霜。

有一次，一個四圈圈商標的 AUDI 汽車國際標廣告，要刊第一落所有廣告版面外加兩個全版廣告，感覺上是把報紙第一落門面做成汽車嘉年華會，共選兩家刊，每家一次近五百萬元，我因為是選兩家刊，友報如果可以，我認為當然也行，這種國際知名大客戶，斷不會做出什麼傷害讀者或者傷天害理的事吧？我第一時間就答應了。

素娟總編輯很不爽，我請當時總經理駱成協調，駱總再請老闆王文杉協調，後來當然是接了，但素娟還試圖說如果我們不要這五百萬元，影響會不會很大？我說我已簽了國際約，違約不但沒有五百萬元，還要賠一千萬元違約金，她不知道這一來一往一千五百萬元一天，可是第四名以後大部分同業一個月或一年的收入，為這事，她很悶，認為被我霸凌了，我也很悶，無語。更悶的是，以後，我不協調版面了，更搞怪的創意廣告，沒幾個錢，她也接了。

其實二〇〇四年的總統選舉，素娟還是比較知道應該要想辦法多賺點錢，因為報館已經開始賠錢，加上蘋果已在二〇〇三年五月二日侵台發行，選舉大餅多一咖來亂，我是說 share，甚至之前我爬山老友長庚張昭雄校長，素娟都願意親自在君悅飯店閉門訪問他，當然就是談親民黨。

二〇〇四年阿扁還是以些微差距當選中華民國第十一任總統，雖然有兩顆子彈事件，但阿扁沒被打死，不管你怎麼調查？就算他百分百是自導自演，你只能說他演得真好，老百姓都投給他是事實，他還是當總統，何況在他的政府調查下，結果是嫌犯陳義雄開的槍，而這個人已經自殺死了。

這回，素娟沒有不爽，總統選舉廣告在她的關心下，還是有上次的收入額。

到二〇一二年時，我已經去了中國時報，也處理選舉廣告，但那一年馬英九聲望仍高，蔡英文難望項背，廣告也因時空不同，少了很多，我也將大任交給我的執行副總經理和經理，尤其我的執行副總原是編輯部執行副總編輯，關於我要求的廣告文責，我請他有必要的話直接和總編輯王美玉（現任監察委員）商議即可。我則樂得看熱鬧當閒人。

如此，我才可以和娘子有些時間可以牽牽手去散步，比被選舉人牽著老婆上台曬恩愛還恩愛，也彌補她又失去一個忙碌的異邦總經理遺憾，我是中國時報六十一年來第一個異邦的業務總經理，這兩家性質相近，或者說一樣吧，都互稱匪幫，我是兩個匪幫，很像豬八戒照鏡子。

講選舉，總冷落了娘子，她不關心政治，也無傾向，也是職業使然，我們的朋友，各政黨都有，每一個都要我們支持，天殺的，我們每一個都要口頭支持，我們不能沒有朋友不是嗎，選舉並沒有打亂我們生活，我倒回憶起只有兩千年那一次，選舉前一週，凌晨近兩點，聯合報全省十四部印刷機已經上版，我發現遲送來的宋楚瑜兄的廣告有民調數字，由於我們的委刊合約有不得違反中華民國法律，我三秒鐘就拉下了該廣告，墊下楚瑜兄的舊稿。

我寧可相信是代理商的錯或者陰謀，選在印刷已遲，無法應變的情況下，強渡關山，楚瑜兄的文膽是前新生報副社長，我梅屋結拜的老四，斷不可能不知道這事的嚴重性，雖是我兄弟，但我還是斷然換了稿，就算遲了三五分鐘吧，發行單位應該會手忙腳亂，就對不起了，我當天以及事後都去鄭重道歉。

寫這篇文時，蔡英文已經當選中華民國第十四任總統，我和娘子在自由日剛過了訂婚三十三周年慶，那個在華岡車對我揮揮手的美麗姑娘，一牽手一晃眼都三十五年了，氣象局報導陽明山零下兩度，下雪了，陽明山六百四十公尺；文化大學標高四百六十公尺，溫差通常差一度，濕度一樣，一定也下雪了，在文化大學六年，畢業三十六年，四十二年來從沒看過母校下雪，許是極地暖化，氣候變天了，正好呼應台灣也變天。

二〇一六年一月二十四日，台灣各地不斷傳出山地下雪，平地下冰霰，我做完禮拜後難得牽著娘子的手，彷彿在北海道，零下二十度C，望著同緯度的瀋陽，那個唱高音的孫楠，內地第一名的歌手，唱出北國河山高原的遼闊而蒼涼，什麼時候再帶你去商演，賺點錢過寒冬，一如你生長的地方最近經濟也開始走下坡，必須賺多點錢。（照片請見臉書）

這一夜，李白快來，邀明月，乾一杯先，對影成三人。

為玉景六十歲生日留紀錄之二十二

做業務喝酒，似乎是我初入民生報時，很快有的再體認。

其實我酒齡很長，家族舅姨等在一九六四年就開紙廠，比統一企業還早三年，大約還在違法的年紀便接觸了酒。高中因為是運動員，嚴禁菸酒，那個時代菸真的沒有抽，因為一抽菸，田徑類馬上退一大步，大概馬上會被踢出校隊，但酒「還好」，我們幾個總是背著蔡教練，在很累的時候，偷偷提提神。

上了大學，因為是大人了，不需要理由，也就可以光明正大喝酒了，至於在文化，大學和研究所共六年到底喝了多少酒，因為年代久遠，因為喝酒通常容易大舌頭，難數算，又或經常和李白忙著撲月亮，不太記得，只是我寫過的，考上研究所那一天，到陽明山山仔后、和中國飯店之間不太遠的「古堡」，自己一個人被規定喝了一打紅露酒，那時候其實沒有太醉，只是因為還要爬一段不太近的坡路，就累癱在上面的陽明山公路上，那個打棒球又是世界搏擊冠軍的林偕文，就把我撿回去了。

我不知道這樣算不算有酒量？

研究所時，華岡印刷廠幫我這個總經理辦的迎新會，規模盛大，除了未輪班的同仁外，還有山下協力公司至少四、五十個，他們都以看阿斗笑話的心態，來伺候這個幼主，真的，當初二十五歲，實歲只有二十三，當二百人公司總經理真的太幼了點，以至於我那個五十八歲的業務經理，必須帶領他的業務部隊幫我擋酒，但是他們是山上神仙，年紀大的太大，小的太小，總三擋兩不擋，我喝得渴死了，乾脆自己來，以一對百。

當晚，他們遺失了阿斗，卻找到張飛、關公和呂布，業界傳開來，害得他們都不太敢來要貨款，我又不知道這樣算不算有酒量？

再來就是我和娘子大喜日，之前曾記載過，一個人新郎兼擋酒隊，自己擋了三十桌酒，三百多人，還直挺挺完成人生大事，沒有倒下這回事。

那這應該算有點酒量了吧？

在民生報十三年間，大家都教育我喝酒，所以我業務的武器，除了是業務部第一個研究所畢業者外，酒量似乎更是加農砲，老老闆王惕吾請我們部門主管吃飯時，什麼都沒注意，就是滿意我的酒量，雖然王發行人不是太認同，她說我的優點太多，從來就不是喝酒。

這件事，後來在聯合報、民生報和資生堂合辦「圓一個人生的夢」，慶功宴時，資生堂老闆李國城挑戰聯合報，喝「潛水艇」，就是小杯威士忌或五十八度高粱放在大公杯中，混啤酒一起喝下，見聯合報沒人反應，當場挑釁聯合報是不是沒人了？怎麼去「圓一個人生的夢」？當時聯合報總經理楊仁烽，臉色很難看，一個眼神給我，我二話不說，當場要了五杯，一一倒滿，五大五小，和資生堂另五位高層，同料回敬，硬是把報館的面子保住了。

楊總知道我會喝酒，他昔日就是民生報發行組的龍頭，是我的同事，此時他是不同意王發行人的話的。

以後，李董和我於公於私皆接近，他的女兒李宓在民生報遠去後，還進了伊林模特兒公司，此時國城兄已仙去，他的夫人到今天還不知道她最認定幫她忙的我娘子，她的老公，跟李先生生前是麻吉。

在民生報期間，由於年紀尚輕，就如同民生報的年紀，因此有很好的體力來喝酒衝刺業務，當年招考業務時，還加考喝酒這一關，男女生一視同仁，廣告代理商都知道，當年民生報廣告組三個酒家男，我和呂理則、黎榮章，帶領南北佳麗，隨時候教，但記得要帶廣告來。

除了業務，辦活動和球場聯誼也是喝酒的藉口之一，這些人以駱成、賈中孚為代表，駱成後來是聯合報廣告部總經理；賈中孚則當中央日報業務部總經理，體育組的，孫副總編輯鍵政、楊主任武勳，兩人是聯合報調任，聯合報還有記者楊士正，他是林總經理國泰的專任特派，為民生報赴湯蹈火，這些人其實私底下也愛喝兩杯，也在一起，有一天，天氣很熱，這幾個人，其中的駱成、楊士正、我，加上其中的一位，在一家KTV，五個小時喝了一百六十八罐啤酒，換算瓶裝，剛好是九十八瓶，換句話說，每個人平均喝了兩打又半瓶。

那晚或那清晨，這幾個人回去後還互相打電話點名，誰醉了是小狗？

以上只是在詮釋我是有些酒量的，但在家裡，任我酒量有千杯，也是枉然，娘子的酒量剛好一杯，喝完酒回家再和娘子喝，看似很容易把娘子灌倒，再對她甜蜜的不軌，但錯了，她的一杯一個晚上總是一杯，喝不完，我常是一千零一杯又一杯，到頭來都只能對她繳了械，有一次還把守密半年的陳震雷婚事洩漏出來，害我頓成不義之人，她變成川島芳子，這是我一輩子唯一的喝酒誤事。

這件事雷公後來說他只生氣了三秒鐘，一九八九年六月他大婚日那天，我自願當擋酒隊隊長，藉示自我懲戒，沒想到碰到一個大傢伙，洪流老前輩，指定我的隊員黃龍各乾兩大杯（各共二百四十ＣＣ）五十八度金門高粱，孔武有力的黃龍後來就攤平在現場。

我依稀記得，洪老前輩說：這十二個擋酒大隊最厲害的是第一個，福壽兄，最爛的是第二個，黃龍，躲在最強的後面總是最爛的，殺！殺！殺！輕輕鬆鬆！

一九九四年陳震雷去了天國，黃龍兄亦在二〇一一年仙去，唉！秀年大姐對不住啦！保護不了貴老公，但你們一九九〇年結婚，我也有去幫妳和黃龍擋酒，不是嗎？功過相抵啦！

回過頭，在我到民生報前期，有次居然帶我娘子上有女侍陪坐的酒廊喝酒。我的一個客戶，派森唱片，老闆叫傅秋珍（又叫咪咪），開了一家酒廊（名字不重要），邀請我去消費，我想既然是唱片公司老闆，將來也許是娘子的採訪對象（當時她採訪所有閩南語線，包括閩南語唱片），何妨找她去「認識」，算是藉機公務吧，也可趁機消除她對我以後可能頻上酒廊的疑慮。

說真的，我是第一次上正規高檔酒廊，也不懂規矩，只知道老婆在，凡事謹慎為好，那天晚上娘子許是喝醉了，因為她不會喝酒，坐月子喝煮過的米酒湯都會醉，她一直跟我講話，一直叫我抱小姐，她說咱花錢怎可不抱？多可惜啊！

看我文的你，是不是要跟我比 yeh！？

以後她又再去一次，然後一輩子不去了，因為她說太累，真不知道我們男人怎麼會有興趣去熬夜喝酒？

以後咪咪的哥兒們，也是唱片公司股東梁弘志、曹俊鴻說，姜姐是影劇圈記者第一女俠，我問曹俊鴻何時帶我們都認識的女友來，一起和第一女俠到我們的酒廊唱歌，他無語，也有一些靦腆。至於梁弘志，唉！也匆忙走了！

唉！以上各段都留不住所有人，我真的很傷心，不全都寫出來，但，來乾一杯吧，跟姜育恆的往事乾杯！一千零一杯又一杯，就會忘記他們已經不在了。（照片請見臉書）

是誰發明地震這件事，打開白堊紀的凶惡，來，嚇人。

為玉景六十歲生日留紀錄之二十三

這一個月，午夜起，通常是我寫《同一首歌，無盡的唱著》，為娘子六十歲生日留紀錄系列的開始，一篇大約寫兩個多小時，三千字為度，隨興一氣呵成，隔天早上即PO臉書。

這一夜寫喝酒，才起了頭，酒上口，酒興正啟，卻見中天新聞畫面搖搖晃晃，怎麼這酒這般厲害，Johnnie Walker Blue Label，才四十三度呀！

哦！原來是快報，日本南部熊本縣剛剛在零時二十五分，日本一時二十五分，又發生芮氏規模七點一地震，心頭為之一震，兩天前同地方才六點五級，以後又發生快二百次餘震，多次四、五級，這一次推進到七點一級，恐怕是取代六點五級，成為真正的主震。

顧不得寫喝酒了，趕快搜尋前天十四日剛發生的熊本地震情況，重創九州高速公路新幹線兩大交通動脈，九州新幹線從熊本站車庫的一輛新幹線，六節車廂全出軌。交通癱瘓，住民的生活將一陣慌亂。這個地震，確認九人死亡，一千零一人受傷，馬總統代表我國，先捐了一千萬日圓。

看起來，這個地震算「還好」，比二月六日，台灣美濃六點四地震，重創台南永康維冠大樓，攔腰倒塌，一個樓就死了一百一十四人，算是輕傷了，可是方才的七點一規模，已直追台灣的九二一，那個大嘴巴CNN說釋放的能量，至少是前天六點五的十倍、二十倍量，它讓我想到一九二三年的關東大地震，死亡和失蹤超過十四萬人；二〇一一年三月十一日，日本宮城縣的超級九級地震，福島核電廠爆炸，半個月後統計，造成一四四三五人死亡，一一六〇一人失蹤，輻射陰影也讓鄰近國家不寒而慄，還發現二億年前的鯊魚，大地彷彿要回到白堊紀年代，小行星在天上亂飛，隨時會撞一個來，毀滅大部分生物。

這個「還好」的也許不好，等稍後幾個小時吧，資訊比較完整，再做紀錄，免得重蹈一九九九年九二一丹麥到挪威的郵輪上，CNN的烏龍。

地震到目前為止，尚無法預測，有人說地震來的前十幾秒或幾十秒，依現代的科技，可以預測，但我認為說了等於白說，等你看到預報，早搖完了，毫無實際可言。一九九九年的九二一，我們誰也沒想到，就這樣來了一個我們感覺不到的大地震。早這三天，我們和華航和一些旅遊業者、代理商，遊北歐四國九天，這是一個難得機會，初秋的北歐，就可以看到、觸摸冰河，是很難得的經驗，而且不會冷得要死，正如同當地人認可的只是天涼，好個秋，多心曠神怡。

這一趟因為有九天，娘子在這個時節無法有長假，並沒有同行，再一次錯失我們的同遊歐洲夢。以後我和中時晚報的龔繩武同房，似乎也預約了有一天我也會進去那個國度，這是後話。

第一天我們從荷蘭入海關，一路驅車到德國，夜宿德國，我當時已經長胖了，會打呼，為了禮貌，先警告龔，請他先睡，他卻說老朋友了，呼兩下沒問題，他也會打呼。

午夜時，我恍恍惚惚，隱約看到一個人影搖晃，原來是龔兄抱著枕頭踱方步，我頃刻間明白，原來我娘子天天騙我，她說我有輕微的打呼聲，很有安全感而好聽，每天伴著她睡覺，一天不聽都睡不著覺，原來這呼聲是驚天動地，否則不會教龔兄難以安枕，原來我娘子愛我的方式是這般荒謬的甜蜜，她一定有被虐狂。

這回換我拿著枕被，鋪在浴室，堅持不能吵了好心的龔兄，他也依我，我躺在不是太大的浴缸，開始想念那個聽我呼聲的愛人，想像她一定難枕，一通電話到台北，沒想到她真的沒睡，還很亢奮，說聽到我聲音很安慰，太陽剛下山，她已經進報館上班，我驚嚇立馬醒過來。

德國、台北時差應有六小時吧，我這個豬頭！沒辦法，愛娘子愛到可以無時差，怕是天下第一人了。我算滿足了，依我平常的入睡速度，很快就睡著了，我心想明天定要早點起床，好打個帶打呼聲的電話，伴娘子睡覺，就像我偶爾說故事給女兒聽一樣，總要體己些。

那一晚，其實還是百密一疏的，龔兄因為稍年長，不能一尿到天亮，當東方魚肚白，那人又踱方步，但沒抱枕頭，我又明白了，趕緊躍起，他火速如廁，上了幾乎有一個世紀那麼久。

直接跳到九二一，其實我是要記錄一個錯誤的紀錄。

一九九九年九月二十一日凌晨一點四十七分以後的十分鐘，我在丹麥到挪威的渡輪上，正在吃豐盛的晚餐，歐洲人晚餐總是晚吃又慢條斯理，突然看到船艙內CNN的Break News說台灣發生毀滅性的大地震，震央在Central Taiwan，已知死亡超過五千人，我們都嚇死了，趕快停了晚餐，大夥兒不顧台灣是深夜，拚命打回台灣，可惜台灣國際線路都不通，那一夜不要說打呼了，連呼吸都不太敢，直到丹麥的更深夜，我接通了報社編政組，請同仁到我單位僚屬編排組，黃政揚老弟專程到我家，看我家平安否？結果是因為停電，我的三支連線電話是插電的，所以不通。

小女兒換線路打給我，報告台灣情況，原來不如想像中那般嚴重，大家都捱在我旁邊聽她報導，那真是美妙的聲音啊！聽到台北有一棟大樓倒塌，在八德路、虎林街口，離我另一個房子「太子東都」約五百公尺，大家居然說，還好，離得遠，大家都沒事了，真是天大喜事，哎呀！哀矜勿喜，我也不能責備她們呀，她們也剛才從恐懼中鬆了口氣。

以後，我的行動電話讓她們輪流打，真的大家都平安，以後，回到台北，電話帳單一萬多塊錢，真的，哦，大家都平安就好。

以後，進一步官方正式統計，一九九九年九二一地震死亡二四一五人，失蹤二十九人，受傷一一三〇五人，CNN真讓我佩服得五體投地，九二一往後幾天，CNN也沒更正，只是重複報導東星大樓，因為它在首都，至於原爆點九份二山，印象中好像沒出現，身為媒體人，我寫這篇順便用數字吐槽它，也讓我有機會記錄一個錯誤的紀錄。

接下來，還要說說二〇〇八年五月十二日的四川汶川大地震，八點三級，共造成六九二二七人死亡，三七四六四三人受傷，一七九二三人失蹤，是中華人民共和國成立以來破壞力最大的地震，也是唐山大地震後傷亡最慘重的一次，上述各大地震都瞠乎其後了，日本三一一雖然九級，但震央在海上，若不是海嘯，也還沒死亡和失蹤那麼多人。

汶川大地震後六日，我和娘子的台北經紀人交流協會，結合中天、中視和紅十字會，舉辦「把愛傳出去」四川賑災晚會，邀請馬總統、夫人周美青、府院、地方首長、民意代表、名嘴、周杰倫、王力宏、江蕙、陶喆、費玉清等二百多位藝人接聽電話募款，當天募得近三億元，兩個月後累計募得十四億餘元。

這件事，對兩岸交流其實發揮了極大力量，新台幣的善意，很容易就讓對岸感受到善意。兩件事，我說出來，晚會當天，某金融單位指定聽費玉清唱一首歌，捐三千萬元，這是前一天TVBS也辦賑災晚會的總數，還有一個，蔡琴，台灣演唱會的老闆蔣公，幫她捐了二十萬元，被晚會製作人王鈞罵一頓，罵出百萬元來，後來費玉清和蔡琴在內地的演唱，官方暢行無阻，民間大大讚揚，其實和那次慷慨賑災有些關係，我們在兩岸交流上，對出錢出力的歌手，都會特別照會一下，總不辜負他們的善心付出。

夜深了，趕喝酒篇章去，那一篇明早計畫PO臉書，明天再繼續記錄本文，那一個七點一級地震，主震。

續熊本地震，規模改為七點三級，釋放能量五十倍於六點五級並取代當主震，隨後又有阿蘇的六級及中部五點三級餘震，古蹟阿蘇神社震垮，死亡增加三十二人，累積至四十一人，近十萬人避難。（照片請見臉書）

人生初始那一塊，自在，毀在一個算術老師手上，不能忘，不原諒。

為玉景六十歲生日留紀錄之二十四

沒有人把八七水災和八八水災牽在一起，因為有經驗的人，終究不多，我是躬逢其盛的人，兩個水災相隔剛好五十年又一天。

一九五九年八七水災死亡六六七人、失蹤四〇八人、受傷九四二人。

二〇〇九年八八水災死亡五四三人、失蹤一一七人、受傷四十六人。

兩個水災，一樣駭人，但後者死傷稍少一點，應該是五十年後房子蓋得好些。台灣的水災，好像沒有比這兩次人損更多了，那些列官方失蹤名單的人，沒有人繼續 Follow，也許後來死亡還不止這個數。

二〇〇九年，台北經紀人交流協會繼去年四川汶川賑災，辦了「把愛傳出去」晚會後，不敢背獨厚大陸名，幾天內也同樣中視、中天團隊、紅十字會，舉辦同名「把愛傳出去」晚會，馬總統和夫人一樣來接聽電話，原班藝人也來，還加了劉德華、黎明。

隔兩個月，郵政總局還為這事發行了「莫拉克颱風賑災附捐郵票」小全張，圖案不是用已發行郵票加蓋方式，而是新設計圖案，短短兩個月就發行，以公家速度，真是不可能的任務，罹災的民眾，應該感到有些殊榮，和安慰。

水災走了，災損也重建了，傷痕也結痂，但處於這個世代，人類還是恣意妄為的年代，自然加上人為的災害還是會來，更加快速度來，我們好像也沒什麼辦法。

寫了水災，其實是要表達我是在八七水災後不到一個月，開始我記憶中的學涯的，我進入板橋藝術學校附屬的幼稚園就讀，那年還不到五歲，進去後三天打了四次架，理由是語言不通，你一定無法想像，在那個年代，二二八已經過了十二年，台灣老百姓和大陸遷台二百萬軍民，仍然「一邊一國」，我那個班上，二十幾個學生，除了我，清一色外省籍。

也不知道是怎麼打架的？記憶中只要說話大聲，因為大家都聽不懂，就幹架先，一個幹十幾個，每天幹，老師實在受不了了，勸我爹娘把我領回。好笑的是，我爹娘也不知道我為什麼必須離開班上？因為老師說的，他們也聽不懂，唉！那個年代。

那個年代，隔年，遠在竹東二重的娘子，反而開始念了天主教幼稚園，才三足歲，雙語教育，國、客語兼修，全班都清一色客家人，沒有打架這件事，念了三年多，領了人生第一張畢業證書，她真是富貴人家的千金。

兩年後，我還是進入小學，那是國民義務教育，不得不念的，地點也沒差多少，教師研習會附屬實驗小學，簡稱實驗國小。這一次小鬼多了些，一個年級只有一班，約莫三十，聽不懂南腔北調的，增為三人，上課有書念，國立編譯館編的正宗國語文。

以後兩年，沒有打架，語言無礙，大字還沒認識太多，卻是演講代表、畫畫代表，老師姓葉，我用英文發音 Chin Tin 起名，因為已經忘了怎麼寫國字？她當時一定很大膽，一個本省孩子，怎可如此出人頭地？

記憶中那兩年老是颳颱風或者淹大水，一如八七水災的一片汪洋，但反正那年頭不穿鞋，大概也沒什麼困擾。

三年級上學期，因為老爸工作關係，我們舉家搬到彰化縣溪州鄉水利會宿舍三姨家寄居，其實老爸是到嘉義造紙工廠工作的。我轉學溪州國小，問題又來了，全班清一色閩南孩子，說的都是台灣國語，連老師校長都差不多，我的兩年標準北平話，在這裡又成了異類，同學都管叫我「外省的」，我也不在意，反正那也不是罵人的話，我的功課很好，不知道跟我的標準國語是不是有關？因為我從不在家裡念書，我從小就知道，我是不念書的，只愛課外書。

三年級下學期，搬到嘉義市博愛國校學區，但是念比較城區的崇文國小，初到時，適逢嘉義大地震和大火，學校教室倒了一半，新的教室叫做樹下，如果下雨，就改到走廊。這可是新奇經驗，這個學校也只念了半年，還是被稱為「外省的」，全班同學名字還沒背熟，不是因為在戶外念書的關係，而是全班同學超過一百多個，是有名的「嘉義老松國小」，教一個離鄉背井的孩子如何全識得？

四年級上學期又搬回板橋老家，但這回念板橋國小，每天走路經過林家花園，經過自己的田園，當時，懂事很多，也懂得江南建築的俊美，小橋樓閣，只可惜林家花園髒又亂，是被強占了的庭園，我居然有打抱不平的念頭，怪那些外省人胡鬧，雖然我回到在鄰近京畿，天子的腳下，仍然被稱為我怪的那些人「外省的」，我開始對這個尊號有點反感。

這個時候，我那個多年後在華岡車對我招手，勾動天雷地火的娘子，開始上小學，二重國小，就在家附近，她真是如公主般，因為姐姐已是四年級，聽說恰北北，頑皮的客家男生，沒人敢動我娘子，連講話都發抖，這是在前些時，他們辦人生第一次國小同學會，還有人記得，說的話。

四年級下學期我又轉學，到老娘的故鄉，彰化縣埤頭鄉，念合興國小，當老娘二十年前的學弟，當時叫公學校，後來又叫小埔心國小，在這裡，住堂姨家，老娘娘家隔鄰，老爸是來和老娘娘家一堆親戚開紙工廠的。

在這裡，是我人生噩夢的開始，因為當時還未實施九年國教，初中是要考的，鄉下從四年級下學期就要開始補習的氛圍。想當然，我還是被叫「外省的」，這我應該檢討，在我老娘的故鄉，被排外是很尷尬的。

也罷！這已經不是太重要了，我說了，我不是太讀正規書的，偏偏在這裡是一定要讀書的，而且不斷的讀，不斷的補習，不斷的寫功課，一本武明算術、狀元算術，都要各寫四次以上，我是一次還ＯＫ，第二次死都不肯寫，但功課還是要交啊，然後，隔鄰同學交換改功課。當時我就用了一招活頁筆記本，在寫第二次的時候每天最忙的事是把當天必須繳交的章節分專頁，用帶子綁定，交換改的時候，遞我的專用紅鉛筆改，那個晚上我擦掉所有勾勾，費時不超過五分鐘，但同學最少要寫三個鐘頭。這個絕招一直混到畢業，只有我隔壁同學知道，他後來也跟進了，真是狼狽為奸。

精彩的來了，有一天，不知道哪根筋不對，或者是紓壓吧，中午午休時，我居然把全班同學帶出去遠地釣青蛙，一釣釣了一個下午，中間只跑回去幾個，當夕陽西下，一群倦鳥終是要歸巢的，我告訴所有小朋友，責任全推我頭上。

回去後，知道這種罪名叫逃學，每個逃學的都被打，責任已經是個屁，我被打得最慘，當我的手紅了，紫了，腫了，破了，鮮血噴了出來，我放下手，把算術老師祖宗十八代都問候了一遍，然後取書包，回家了，不再見了。

回家又被老爸打一頓，他從來不打我的，只是在那種時候，我也很同情他不得不打我，那個年代，老師就是祖宗，我怎麼可以去晚點名，既不尊師，也不重道。後來我硬著心，不去上學了，除非是老師來道歉，否則我還要去密報督學，這荒謬的升學手段，結果是校長來好說歹說，我才勉強背起書包，繼續去過朝六晚七的集中營生活，即使如此，梁子也總是結下了，從此，老師不敢再打我，一直到畢業，其實他也打不到我，我的算術考從來就是滿分，千百次都是，甚至台灣中區四、五萬個小鬼模擬考，我是第二名，他怎麼打我？

考初中，他不讓我考彰化、台中公私立初中，只報考鄰近三個鄉鎮公立初中聯考，我也認了，隨便考一考，寫完就交卷，還是上了第一志願北斗初中，排名聽說還很前面，此後，繼續不念書，考上彰化高中，還是不念書，當了田徑校隊，十五個人留級了十三個人，我就是那兩個 All Pass 的一個，心理面還是念念不忘那個打我的算術老師，到今天我都還沒原諒他。

寫水災寫風災，其實是在記錄我國小生涯的歷經風風雨雨，那個威權時代的悲哀，不可承受之重，但純屬我個人的遭遇，不干大家的事，不干以後，我娘子的事。至於娘子，一路二重國小、二重國中、新竹女中到大學，一如小姨玉鳳，都沒有補習這件事，她們何其幸運，一路無波瀾，無漣漪，在少女最寶貴的求學期，充分過了她們快樂滿足的時光，我真的很羨慕，最終擁有她，也一併擁有她的快樂，

感覺真的有不斷的養分滋潤著。（照片請見臉書）

四獸山不起眼的鳶尾花，在四月團結起來，以後它將進入普羅旺斯，成為藍紫色沐浴乳，吐著粉粉，淡香味。

為玉景六十歲生日留紀錄之二十五

爬四獸山，最早是老爸從遙遠的彰化賣了田產，搬到我買的「太子東都」，說是為了糖尿病一定要運動，便每天凌晨三點起床，一路摸黑到福德街瑠公圳國中旁的奉天宮，那其實還不太四獸山，退回福德街再往北到慈惠堂，後面，拾階而上，那就是四獸山的虎山了，本地人講的四獸山，山形長得很虎豹獅象，這頭的虎山想當然就是「領頭虎」了。

八年「太子東都」公民，循著老爸形容的路線，車行好幾次，兩公里不到，卻想說有點遠，沒走過半次。直到後來搬家到松仁路「巴黎世家」，那是四獸山尾的象山，從陸軍總令官邸上楓橋新村，左轉到楊家將的廟，從「巴黎世家」到廟，全程不到四百公尺就到了，近多了，好像是後花園，這回就走著上去了，全家人包括娘子，真的就爬四獸山了。

那是一九九五年夏天的事，瑞星唱片老闆王祥基召集台聚小開吳亦玨、余光、阮國防、劉宇青、楊人凱、王鈞、我和我們各自娘子，開始一起爬象山以及虎山，每個人發配軍用水壺、S腰帶、美國ACE護膝，好像一排班兵操演，這也是一九九六年以後我們一起出國到韓國、香港、澳門、琉球等地旅遊兼考察博弈場地，及連續十年到日本過年的班底。

阮國防和劉宇青是同學，都和我同齡，大學也同校，經濟系。宇青和我們一樣，很平凡，但是女兒很出色，高中是夏威夷某高校第一名，和男友一起進哈佛大學醫科，兩位我以前不認識，倒是國防老婆謝育卉在學校經常看到，阮爸爸是前調查局局長，我這一屆繼政治系李憲文爸爸李登輝當過總統、我同班劉政宏爸爸劉松藩是幾任立法院長，國貿組許仁壽後來是郵政總局董事長、他同學爸爸是國貿局局長，又一個經濟系同學爸爸當大官。以後還有幾個官宦子弟在文化，但大抵跟我無關，不去記錄他們。

爬山其實是不太容易的事，男女生體力不同，男生不管爬虎山或象山，目標總在九五峰，海拔三七五Ｍ，那個妻妾成群又能長壽的楊森將軍，九十五歲的散步地方；女生則隨興，走到哪兒，有椅有桌，就可以擺龍門陣啦！

上九五峰，虎山費時三十分，但象山卻要一個鐘頭，從吳興街登山口費九百步登上六巨石後，一路第一千兩百步便到逸賢亭、第一千九百步左邊長壽園、第三千步就抵萬壽園，接著三處可截短攀繩到豹獅稜線，往北直抵九五峰。

初時，大家都煞有介事相約週六日下午二時，象山口開拔，後來王鈞覺得象山的地表承受他的體重太吃力；余光在爬虎山時，右腳小扭，擔心象山也要扭他左腳，好成雙成對，都毅然退出，這兩個一個最老一個最少，真是老少不良，於行，他們其實都忘了要聽阮國防的理財專業，以及大陸Ｂ股的魅力。

山不爬，出國考察博弈場還是必要的，一九九六年到韓國濟州島，後來在裴勇俊拍韓國偶像劇的六星飯店，遇到台灣省議會的一票議員也來考察，真是大家有志一同啊！那一晚隔著一桌日本人，嘰哩呱啦夾雜關東關西腔，還怪我們太吵，我們請賭場把他們趕離我們的場地，用我們名義另開一小間ＶＩＰ室給他們，讓他們知道誰是老大？後來我們小贏了百來萬元，省議會那桌也一樣，但日本人輸慘了，某種程度上，我們報了一箭仇。

這一夜不是台灣人慣常的賭光輸光，為國增光。

過兩天，我們去騎馬、去樂天樂園，並且到李承晚別墅，去懺悔並感謝韓國政府對我們的友善，因為我們贏的百來萬元始終未曾再被擄回去，也因為如此，我們決定為我們意識形態對日本人的粗魯，表示一下我們的歉意，決定未來十年春節都到日本過年，並且複習骰子，我們贏的錢真夠我們一團人去日本玩五十個年，因為國際賭場玩的都是美金，我剛剛沒說清楚。

我說了，我們真的不是去賭博，是考察賭場，因為我們決定要出版一本國際博弈期刊，也已經找來澳門何先生出一半資金，時報周刊副社長楊人凱掌編務，業務大概是我和何先生手下的總經理，贏了一些錢，其實也是偶然，我們也是千百個不願意啊！

白天一早，考察團都累了，都回夢裡長安去數鈔票了，我和宋楚瑜妻舅陳定中精神卻好得很，相偕出海釣魚，韓國魚很慷慨，一如他們的賭場待客之道，漁獲滿簍，但可惜的是我卻人生第一次暈船，回饋了一些早餐給海裡還在打呼的夜貓魚。

回程後來經過凱悅飯店，它只有五星，有點相形見絀。彎回六星旅館，往下居然有幾百台階臨到沙灘，真是太奇特景象，我都忘了暈船，一階一階往海的方向走，好有撲的動感，那些還在夢裡數算鈔票的軍團團眾，一定很後悔贏了那麼多錢，以至於沒有時間在這個時刻享受免費的沙灘和海浪，還有海風。

回到象山，爬山的，男生後來只有我和王董，女生只有我娘子和王董的娘子金董，我們還是分開隊伍走，經年累月，如常走著，數算上山的政治人物還算不少，常見的例如張昭雄、游錫堃、葉金鳳、吳容明、胡定吾……等，藍綠不同，但都是謙謙君子，在這裡，他們和所有山友打招呼，好像無人不是一個國度的人，我很慶幸，在自家後花園有這些好朋友聚集更多的好朋友，消弭了些近代社會隱約的不安定感。

也是一九九六年，我奉調聯合報廣告部，因為象山，拯救了廣告部的週六上班這件荒謬事，當時所有中華民國報館，週六是上整天班的，沒有任何一位廣告部門主管跳出來阻止這件事，台灣從一九八九年以後，廣告外商取代本地廣告公司，我們營業對象除了房地產以外，幾乎都是外商，週六還跑什麼客戶？真是自欺欺人。

我到職後，稟明總經理，把跑代理商的我那個營業組，第一次帶到象山去開會，開會的內容就是烹三隻雞，不同的料理法、烤些想吃的東西，喝點小酒，再回報館做結論，檢查週日、一所有刊稿到齊否？然後下班。

還有回味那個未爬過山的女生，喘著上去，抖著下山，只因為平常傲人的上半身，這時都成了絆腳石，那一刻好想小而美，誰說上帝不公平？

這樣的日子，有幾回，後來當然也去了其他地方，例如濱海的「海園」，海鮮聖地，是野生的三井，那是我老友，著名〈車站〉的詞曲人林垂立家族開的，最重要的，那是廣告麇集的地方，說是開會，在這裡叫拜會，或者交會，這樣的上班，是不會有人說太辛苦的。

此刻，四獸山的鳶尾花開了，肆無忌憚地開著，那是意外的驚喜，以後它將進入普羅旺斯，成為藍紫色沐浴乳，吐著粉粉，淡香味。（照片請見臉書）

唱在睽違九年的家鄉，台北市信義區，親炙一〇一的輝煌煙火，清晰記錄著這幾年的繁華，以及秀麗。

為玉景六十歲生日留紀錄之二十六

這一篇是去年十二月上旬，匆忙ＰＯ在臉書的部分內容，當時還沒想到要系列記錄娘子和我人生點滴，這麼多的熱情好友，穿梭在時空長河裡，對我們的幫助和交流，都是要被留下來的，尤其是我和娘子退休以後，重新構築新的生命軌跡，和不同角色扮演，真是還和過往一樣覺得豐富，所以這一篇一樣收錄編號，希望參與我率性拈來，也排有一個位置可以給我們好友，一起回憶。

二〇一五年十二月四日記錄，這一週來連辦兩場世界級的「感恩晚會」，還抽空回竹東祝壽，且在喜來登和同生日的兩個女生一起過生日，和郭小莊一百零一歲的老爸爸甜蜜祝福，誰要我名字如此吉祥，終於在花甲之年嘗到席不暇暖感覺。

ＰＯ了生日文，忙到也放棄品冠和姜育恆在我生日當天演唱會，王夢麟卻來問姜育恆手機電話。他顯然看到我臉書，知道我生日又棄好友演唱會於不顧，故意修理我來了。

這兩場「感恩晚會」雖然分別簽了保密協定，但如果不趕快「姑隱其名」ＰＯ文，怕連在天國的黃大城（和趙樹海、王夢麟在內地巡演ＭＩＢ）也要來問電話了。

兩場巧的是都在東方文華酒店，藝人分別是：

彭佳慧、黃子佼、Birdy（菲裔）；

費玉清、潘越雲、蔡昀羲（伊林）

兩場皆精美，難得佳作，依序介紹。

上次邀約彭佳慧，已是多年前應聯電榮譽副董事長宣明智之邀，和人民保母同樂，那時她已有鐵肺封號，後來歷經幾次商演洽唱，總不是太如意，直到她參加湖南衛視「我是歌手」洗禮下來，一如A Lin、辛曉琪、林志炫，大陸行程便突然滿檔，這兩場「感恩晚會」若非不在假日舉辦，恐怕不容易順利拍合。

彭佳慧依舊鐵肺，為人母後，聲線更見細緻，沒有壓迫感。

上次和黃子佼合作是應大陸騰訊邀約，請他主持金曲獎「星光大道」，由合作夥伴王中言邀約，主持人其實在大陸並不容易發展，但藉由騰訊一次幾億網民觀賞，想不成名都很難，佼佼在本場外商活動是被指定的主持人，可見騰訊散播的威力，臨表演前他又主持本屆金馬獎，我的東道算是慧眼又賺到，之前，我的東家旺旺中時媒體集團辦時報金像獎以外的「金犢獎」，也是請佼佼主持，所持的理由就是因為騰訊的威力，金曲時，我尚未進旺旺中時，金犢時，我進了，並且受邀頒獎，我跟佼佼說，將來勞他的機會很多，現在不就來了嗎？

至於菲裔的Birdy，在兩岸的電視已各做十幾場「比賽」，在台灣就是在佼佼主持的節目，兩人算是很熟。我對她要求倒是挺嚴的，在演出前必須有兩場彩排，由台師大音樂系教授林慶俊帶領他的國家管弦樂團為Birdy譜曲演出，我親自監督，結果一次就OK，我也決定一次就放行，兩造功力可見一斑，Birdy也是東道指定歌手。

費玉清說來奇妙，他是我認識最早的歌手，早在一九八三年我代理新加坡王振敬唱片廣告，在曾總手上至少做了費玉清十張唱片，張張大賣，三十三年來這才是第二次邀約。費玉清後來在台上加演笑話並多唱一首歌，經紀人都嚇一跳，原先東道主事加拗都不行的事，都無預警實現了，不知是否和我現場敘舊有關？東道總經理後來深深擁抱主事，我知道我已日行一善。

潘越雲不知如何寫她，她唱功之好，有目共睹，表演之嬌，不似人間女子倒似天上仙子，祇是她自嘲，很多人把她和齊豫弄混，她必須說「我是嘴巴比較大的那個」。

這場主持是伊林娛樂的蔡昀羲，找她是因為經費不夠，本來要援前幾年例，由東道內部員工兼任，但主事後來決定還是外用，但祇有很少錢，較原先邀約者一半錢都不到，我後來出任旺旺中時廣告部總經理，這種難事也是好事，自然往懷裡拽，幸好昀羲稱職，駕馭了大場面，真乃物超所值，兩邊討好。

做藝人經紀這一行，如果不把它當主業，其實是很快樂的事情，因為它是快樂的行業，因為藝人都棲在各自經紀公司裡，不需要面對各種成本，娘子自從退休後，因為尚年輕貌美，不想在人生後半段納涼，我便略施小技，量身打造她的專長，她也真是太專長了，幾年來幫助幾十家演出公司，也辦了十幾次國慶、耶誕、跨年等藝人統籌，更在內地辦了幾十場活動，包括電視台活動、各地商演、產品代言，本公司因而在兩岸都成名，都是品質保證。

只是現實上比較困擾的是，我們經常成為同業的比較工作平台，或者是救火隊，大陸幹我們這一行的，何止萬千，經常透過相識的同業來求藝人，但都是提案用途或者比較用途，我們還真是服務業，其實我是知道的，但是也不以為苦，只是有時候我開始要娘子放緩腳步，該是要有的速度她都已經是超越的，都是退休的工作了，質是比較重要的，開始挑案承接，我幫她過濾，於是她壓力減少了。

像今天這種 World Wide 的酬賓晚會是透過人脈自動找來的，本身就是業主，不是比案的代理商，我知道是因為我們多年的商譽口傳的，這案已經做了好幾年，不需要過濾，而這就是娘子的福報了。

今年一反過去，沒承接任何一家跨年活動，只有在去年場地的室內，在元旦隔日辦一場小演唱，小而美，當然也才能夠首度在睽違九年的家鄉，台北市信義區，親炙一〇一的輝煌煙火，清晰記錄著這幾年家鄉的繁華，以及秀麗。（照片請見臉書）

小杜，停車坐愛楓林晚，的楓林。

為玉景六十歲生日留紀錄之二十七

楓樹對我和娘子而言，在陽明山期間，在深秋，滿山遍野，最少可以找到幾百個可以感動、吟唱的優勝美地，楓樹，或槭樹。

陽明山就是樹多，以前叫做草山，很土的名字，好有落草為寇的味道，這麼一個秀麗多樹的地方，一個六百四十公尺適合楓樹成長的地方，就這麼莽，難怪需要後來者改名，王陽明為名，至少是讀書人的名字，後來國民黨早年的秘書長、中華民國的教育部長，張其昀，循線在它的對面四百六十公尺的地方，蓋一座學術殿堂，研究所，再有五專、大學，每年造就萬千學子，作育英才。

王陽明，最近則是一個藝人名字，經常有人託我和娘子找他在內地代言產品，他特別是女生最鍾愛的演員。

進入主題，然而什麼是楓樹，什麼是槭樹呢？一般的說法是以掌狀葉形分三葉楓、五葉槭，google 說那是錯誤的說法，又說二百年前，有一個日本人把楓香說成楓樹，把青楓說成槭樹，從此台灣人就被搞糊塗了，直到他們來統治台灣，還是將錯就錯，我也是越抄越糊塗，總之槭樹原文是 Green Maple 就是青楓，就是楓樹啦！

坦白說，我還是迷糊，寫多一點資料，大家一起釋疑。

楓香和青楓科屬不同，楓香屬金縷梅科，青楓屬楓科，又稱槭樹，種子形態不同，楓香球果狀，青楓是羽片狀。葉子生長狀態，楓香是互生，青楓是對生。至於三葉五葉是不止的，全球槭樹有不分裂、三裂、五裂、七裂、九裂、羽裂……寫得頭都快裂了還裂不完。

以下我們乾脆都說楓樹吧，反正都說了是楓樹的。

早年念書期間，也許我們難免附庸風雅，也各自優雅撲到楓林間，去賞析、去數計她搖曳的頻率，也撿拾成熟掉落的紅色楓葉，顧自愛憐著，每每在深秋蕭瑟的深夜，大家都詩興起來，都唐朝起來，都杜牧起來，都吟弄「霜葉紅於二月花」起來。

我是不記得和娘子在陽明山，有過共同吟弄楓情起來，或者是紅色楓葉的蒐集，拽在懷裡，捧在心裡，卻總在華岡車那一刻招手，不是深秋，她便迫不及待走進我的滿山遍野，以及滿園春色。

她是主修攝影的，初時，幫我拍的照片，焦點都在人，都在眼鏡以及凝視不敢眨動的眼睛，以至於應該都是綠色的楓樹都成模糊，樹幹是可以倚靠的粗壯，也許粗壯已經取代深秋的層紅。

前進到一九八七年，我和娘子第一次同時去日本，在東京，是工作，採訪台灣歌手天李簽約日本唱片公司，東京這個大都會不去外圍，六百公尺以上的山群，是看不到月曆裡豔紅而滄桑的楓群，我們老是沒機會去尋找這些場景，同行除娘子是攝手外，還有一個已執影多年、前日本共同社駐台攝影記者楊士正大師，尋紅楓也許已不是季節，以至於沒有人找到，以至於說東京市區看不到楓樹。

至於日本專屬的楓葉，回台灣再找日本月曆吧！

以後我和娘子因為工作關係，經常各自出國，東南亞、美洲、歐洲甚至中國，大體上都沒在楓紅這件事上留影，一直到一九九六年開始，連續十年的春節，我們大體上有五個家庭都在日本過年，楓樹的北國故鄉，你知道隆冬的楓樹都被披上白茫茫雪衣，沒有綠色，更沒有紅色，很難辨認，也是沒轍。倒是兩千年深秋，華航的馮叔帶領記者群和一些親友團，搭華信航空直飛北海道，說是記者群的首航，那是為了前一年九二一在北歐的驚魂後，大家去日本收驚的。那一次又是單人去，我那個年代「拒絕聯考的小子」吳祥輝則是差了老婆和孩子去，那一次就不經意看到滿山楓紅了，但是因為娘子不在，我頓時看不懂或者也就忘記了那楓紅蔭下，是否有相映的佳人？

再有一次，和家樂福的代理商，偕聯合、中時相關業務人員，也是日本同遊，我再一次，又是單人獨遊，倒是中時的童中立經理帶了眷小，不含童中白，我娘子的採訪對象，說實話，楓紅是一定有的，只是我又忽略了，只記得當時去日本的中國時報團員，有一名娟秀的女子，留韓的碩士，在我後來任中時廣告部總經理時，當了我的秘書。

又有一次，大女兒推甄上大同高中，算是蠻優秀的事，必須獎勵她，她提議去日本玩，還動員了受日本教育的奶奶同行，那是我娘第一次到日本，多虧了女兒有好事的藉口，那一次經常的五個家庭都沒跟，因為小孩子的時間都不對，我們第一次跟了旅行團，在不是深秋時節，自然就看不到楓紅了，雖然我們驅車山間時間很長，但大約只能看到櫻花已經大概謝了，冒出來的綠葉正盎然著，好似驕傲的日本人，訴說他們很精神，比深秋臉紅的楓樹精神。

說到楓葉，其實還滿古人情愫的，以及回到少年不識愁滋味年代，那個年代會在鍾愛的書中夾楓葉，意思是附庸「楓」雅，還有，連同書或情書送給戀戀情人，這一篇一路寫來，其實是因為花了相當長的時間，在楓的故鄉，不想就這樣算了，想到小杜的情境，「停車坐愛楓林晚，霜葉紅於二月花」，少年已老，情感猶豐，總還能記錄一些詩境場景，把沒有楓樹說得都成林了，雖然娘子總不在，但就盡情、或者酌量享用吧！

親愛的娘子，妳收到了嗎？（照片請見臉書）

北國多滄桑的白雪，越過來，染了台北市一身白。

為玉景六十歲生日留紀錄之二十八

我就是帶著兩個女兒玩雪的爸爸，那是一九九七年春節，我們五個家庭一起到北海道 Club Med 滑雪度假過年，那真的是雪花飄飄的銀色大地，頂著零下二十度 C，我穿著度假村的短袖棉衫，幫還才念小一的二女兒在雪地裡穿雪靴、上雪橇架，外面真的很涼，我是說很涼，不是絕冷，娘子在 stand by 屋裡和大女兒已候多時，大女兒已是國一，沒滑過雪，卻手腳伶俐，三兩下就穿好所有裝備，兩個女兒一起到基礎班學她們人生第一場滑雪課。

我也換裝，但那個像大女兒的娘子，我是說她們娘倆長得很像，卻敬謝不敏，我激她，在人生的滑雪課上，大家都是頭一遭，何妨勉強嘗試一下，但娘子就像不會騎腳踏車、不會游泳一樣，甚至不太會洗碗等家事一樣，淡淡的欣賞她的男人正帶領著她兩個寶貝女兒，滑向銀色大地，我是說躡著腳以及雪橇，螃蟹走，走向教練。

我和娘子其實在這以前都經歷過雪地景象，在我大一吧，一九七四年，那年冬天，很冷，我們幾個亞熱帶不怕冷的漢子，傍晚上了學校遠上方的一千公尺七星山，真的下雪，有雪，活了一輩子，第一次覺得什麼叫冷，幾年後娘子也有類似經驗，她不記得有多漂亮的雪景，但如果身邊有一個男人來溫暖她就好了，她說。她一定就是在等我的，我已經知道，她雖然是標準的O型女子，有時候也是滿龜毛的，說話也是要繞地球一周才詮釋好真意。但我知道她一定是在等我的。

以後我們各自去過歐洲，尤其是瑞士，兩座火車拖上去的鐵力士山、少女峰（四一五八公尺），她和林青霞、鄧麗君，總還是和女生，我則帶著三十幾個男男女女媒體，喝酒以及朝聖，想像那個正在等我的娘子，青霞和我一般高，劇裝如果是東方不敗，和我一樣俊俏，定可以或已經保護了我娘子。

瑞士面積大台灣十五％，人口台灣三分之一，超過四千公尺的高山超過百岳，冰川有四個台北市面積，是歐洲萊茵河、隆河、因河、提契諾河的源頭，就像中國巴顏喀喇山一樣，孕育黃河、長江一樣，這些冷冽景象，可能是冰河時期留戀下來的，聯合國教科文組織在二〇〇一年已經將少女峰列入世界文化遺產之一。我也收集娘子，一個絕無僅有的娘子，一九八三年就將她納入我的甜蜜資產。

一天的滑雪課，我和大女兒總算學會，只是操控前進，以及跌倒少一點；小女兒和一群好似高山小猴，卻已經從雪地上方滑到山腳下了，她們不用雪杖，就像學走路一樣，一旦會走，就海闊天空了，怎麼還需要學步器？倒是我們 這些笨大人，還有笨大姑娘，兩手雪杖，一路還跌跌撞撞，我想娘子不願來學，大概怕學了還是不會，或者有老公去幹那種苦差事就好了，她只負責欣賞和拍手，或者揶揄。

才過著今年，猴年，冬冷，再來春也冷，冷到台北市平地零度，說是破了爺奶小時候紀錄，於是有了到處感冒肆虐這件事，衍生了很多話題。

曾幾何時，台灣半個世紀以來，我讀大學以來，文化大學從未下過雪，年前卻成為銀色世界，聽說這是六十幾年來不曾有過的景象，全省不斷有大批人在各地一邊喊冷一邊朝聖，這時候Ａ型流感早就來了，大小醫院門庭若市。

娘子早在超級寒流來臨之前就叮囑老媽和兩個女兒，當然還有我，早晚添衣服，只有我不太搭理。

我不搭理是有原因的，因為我真的不怕冷，上述北海道 Club Med 頂著零下二十度C，我居然穿著度假村的短袖棉衫，又或許是這兩年老爸回天家後，我稍無罣礙，胖了八公斤有關，再或者是早年在陽明山念大學、研究所六年，早練就不怕冷體質有關。

當年瘦瘦的，不到六十公斤，看到校園旁美軍眷區小孩，在不到十度的寒冬中穿著短衣短褲嬉戲，不禁汗顏起來，但我也就一件汗衫一件棉衫加一件薄風衣，算是山下的秋裝吧，即便後來有三度的低溫，還是同樣裝扮，已經不知道冷是什麼滋味，或者是習慣冷的環境了吧。

年前稍早，那天應該八度吧，微雨，我著短袖準備到牯嶺街郵市，剛下樓時確有些寒意，但又懶得上樓，就一路細數台北市市民有沒有跟我一樣的無敵鐵金剛？結果真的沒有半個，郵市有幾個朋友都感冒了，他們都懷疑我怎麼了，我只能說胖不怕冷，可是亞太集郵社的張老闆有一百三十幾公斤，當時他正斷續流著鼻水……

回家後，全家都在客廳，老娘唸了唸，娘子一點笑容都沒有，我好害怕，不敢太用力呼吸，深怕鼻子因為太害怕呼出水分出來。

之後，夾著尾巴趕快去洗熱水澡，兩分鐘後著長袖棉衫出來，老娘又問這樣夠暖嗎？剛洗完澡不怕冷，等一下就冷囉！

娘子忍不住了，她說：「在外面都穿短袖了，現在還穿長袖，夠了。」真的夠了嗎？我發現娘子的聲音有鼻音，真糟糕！都要六十歲的人了，早無生理期，無預警暴跳情況不再，可是這種不健康的聲音更教人不寒而慄，為了化解尷尬，我靈機一動，趕快把維他命B＋C抬出來，那是娘子在多年前叮囑全家一定要吃的，尤其是老先生老太太，比打疫苗還能增強抵抗力，一定是哪！

記憶中，前一年夏天後到目前，快兩年了沒感冒過，這多歸功於聽娘子言，持續不間斷的維他命Ｂ＋Ｃ有關。

娘子沒反駁，只是用手指在桌上敲三下。（照片請見臉書）

出勤這麼規律的事，也變成爭先恐後，的樂趣。

為玉景六十歲生日留紀錄之二十九

關於出勤和約會這兩件事，我們一輩子都在不斷的做，哪怕是最後和上帝約會去天國，仍然是不得不為的事。

人一輩子裡面，從懂事以後，念書、考試、約會、應徵、出勤、開會，說穿了，就是被時間駕馭，聰明的、有能力的，反駕馭時間，於是成功了，換他駕馭人，就是這麼回事，看盡人生百態一輩子，好像這就是不變的定律。

娘子從小到大，從來不為駕馭時間事傷神，也不是她有多準時，而是她從來就是規規矩矩，很自然的做任何事，沒人對她提出不耐或責備，記憶中，我們的約會，從來沒有遲到或不到這件事，從她大二我大四我們在華夏導報同事伊始，一直到我們都快畢業，才開始進行戀愛這件事，當時真的是趕進度，渴望對方都來不及了，還想什麼遲到？

念研究所時兼當華岡印刷廠總經理，管了兩百多人，他們的出勤有打卡鐘，有他們的主管管理，我是公司、所辦公室、台大、溫州街、中央研究院、北投，到處跑，上班和上課都有豁免出勤記錄權利，都不覺得出勤到底是怎麼回事，直到退伍後進入職場，第一個上班規矩是，早上七點前打上班卡，接著早操、早課、呼口號，我從四星上將退回小二兵，很 Enjoy 那樣的朝氣職場，也才對出勤有了具體認識，並且喜歡，就好像被娘子拴著脖子管一樣，很是甘之如飴。

一九八三年以後，我和娘子先後進入民生報，我們的出勤有電梯旁的上下班刷卡管理，她的主管陳啟家，從來不管這事，他只問妳寫了多少好稿、屁稿？我單位就不一樣了，另外設了簽到簿，早期由柳偉鷹當警察，確實盯著人、名相符。那時候還設了月、季全勤獎，發給獎金各五百元，年全勤倒沒設，也許當時考量不可能有人全年全勤。這個全勤其實很容易拿到，因為上班是早上九點，比我原來的圖書公司晚兩個鐘頭，又有十分鐘的寬限時間，一個月可以因為業務需要，可以報備兩次不刷卡出勤，萬一不小心遲到了，還可以特休假抵充，因此，全勤大有人在，應該有近乎半數這麼多。

這個措施，讓我想到原設計的主管有一定的智慧，因為業務人員不喜歡被管，又想有多一點收入，因此前一天再怎麼累，早上都要去報到，而既然去了報館，早上的偷懶便醒了，也不會再千里迢迢回去睡回籠覺了，於是你不得不去做業務，於是業績就來了，獎金就來了，老闆就坐在家裡數鈔票了。以後我當了主管，甚至當了大主管，可以改變獎懲制度，我都還推崇這個制度，只是取消全勤獎金，因為我認為資方不再是從前的日進斗金，甚至都要虧損了，部門都很難賺到獎金當公積金，怎還有餘力支付全勤獎，況且老闆支付你薪水，本來你就應該百分百做事，一年還有至少一百一十天假日，如果不全勤，應該要扣獎才合理。

以後調到聯合報、被邀到基督教論壇報、中國時報，管出勤這事就淡了，因為他們上班時間都比民生報早半個小時，比較不會也不需要和民生報擠上班，而且我比較嚴，超級違規的，我通常會幫助他們待不下去，也不值得大書特書。

以上看起來，似乎都是過往如常運轉，但早期在民生報還是有執行上的樂趣，這個就要講到人性了，初時，九點鐘簽到，寬限到九點十分，每天都會看到超過一半以上的同仁在九點五分到十分間簽到，有時還要排隊擠著簽，我因為都提早半個小時到，每天都要冷眼看大家急如熱鍋上螞蟻，擠在最後幾秒鐘完成早上第一課，我在想，也許這就是樂趣了。我早上最大的樂趣，就是看最後這一半同仁正在奮鬥他們的出勤，的樂趣，不知道誰的樂趣多？

我一直很不解，他們其實不必像我至少提早半個小時到，也許就是提早十分鐘，那那個早上不就很悠閒了嗎？

有一個同仁鄧正豪，修練的遲到功夫，真教人佩服，所謂遲到是九點十一分到二十分，過了就算不到了，換成白話文叫做曠職，這是內規，如果不想曠職扣薪，可以請事假，但一樣扣薪，或特休假抵，仍保全薪。鄧老弟平均一個月上班日二十六天，當時尚未週休二日，他要遲到超過二十次，似乎在他人生的道路上，又不是不到，但總要慢大家十分鐘，實在適合當歐洲人，偏偏老闆王效蘭長期在台灣、法國兩邊跑，最不認同他的散漫生活，是散漫不是慢慢，常要他在月會上報告他遲到的理由，最好每天理由都要報告出來。

小鄧講什麼理由，我們大概都忘記了，只有一次對著台上眾長官，說他家住木柵還是景美，每天都要經過辛亥隧道，一出來經過第二殯儀館，每天都有好多長官死掉，他都會塞在那邊至少五分鐘，你能說他錯嗎？我看到台上那些長官，每個都想衝下去打他，不要說王發行人了。

小鄧後來在報館結了婚，對象是文化組的徐開塵，開塵是娘子學妹，真清秀佳人，沒理會當時已大大有名的某大律師追求，卻選擇慢半拍的小鄧，人在熱戀中其實是很呆的，直到他倆訂婚結婚大喜日，開塵才真明白，因為小鄧兩次人生大喜日還都遲到，但為時已晚唉！認了唄！

而王效蘭發行人真是好老闆，當時民生報十周年慶，她送給十對報館新婚佳偶，每對十萬元額外禮金，小鄧和徐開塵就是其一。

談出席和約會，就不得不談明星，因為那也是早年我的副業，和退休後的主業，以及和娘子可以有共同話題的甜蜜行業，先聲明，早年副業是純要造就主業的偉大完成，不算兼差。要人家廣告，通常免費當個顧問，幫點小忙，打探點業界所有動態，老闆就把所有廣告都交給你了。所有我待過的報業老闆，請你們放心，我沒有尸位素餐去幹小差副業，否則你們也不會把我拉上總經理這個職位，不是嗎？

明星慣常給人的印象是沒有太大時間觀念的人，我要幫他們講句話，因為他們是被助理、經紀人安排，沒有自己時間的人，精明的助理會精算所有的約會、表演銜接，不會遲到誤事，越大牌事越多，其實更精準更謙卑，不會如外界講的耍大牌，真的耍大牌的都是智障，起碼助理是智障，我認識相交的明星比大家稍多一點，甚至和娘子一樣多，還沒找到一個耍大牌的。

除了有一次，一九八六年幫彰化同鄉陳維祥唱片公司老闆，帶藝人上通告，當時和麗歌唱片轉過來的龔銘澤，協助他作業，他和我同年同月同日生，大概連生辰都同時，真是人生何處不湊巧，當時我們輪帶葉啟田、陳小雲、俞隆華上通告。

有一次帶俞隆華錄華視某綜藝節目，李茂山遲到一個多小時，當時李茂山很紅，我想，我家歌手也不差呀！葉啟田上歌廳演唱，是用麻袋裝新台幣的，怎麼就比你新加坡來的矮，是啦，葉啟田身高是真的不高啦！正覺不爽，只聽到樓上導播三字經下來問候了，而且問了很久，留下李茂山哈斷了腰，這時我才知道什麼是大牌，什麼是耍大牌，什麼是修理大牌？那個導播我不能說是誰，因為他說了髒話，但總之他比大經紀人、大導演邱瓈寬還殺氣！鼓鼓掌先。

以上都談出勤、約會細瑣，至於我，實在很抱歉，一輩子待過的職場，即便是沒人管的五個總經理職，也要自己規範，三十幾年了，從沒有遲到過半秒鐘，是個全勤的笨人，人生如果全勤，真的樂趣就少了，唯一安慰的是，得到如花美眷，最近又不反對我集郵，真是福氣！（照片請見臉書）

遙遠的中國，龍的傳人，不斷在方寸間，記錄。

為玉景六十歲生日留紀錄之三十

人生收到第一張郵票，是在一九六二年冬，故宮五十一年版古畫，最低額八角唐太宗李世民，貼在直式信封上，這張郵票很大張，連信封一起保存，當時還不知道集郵這件事。

一直到一九六五年春，國小四年級了，看到小表哥集郵冊上有一些像工業建設、羅斯福夫人、愛護牲畜等舊郵票，都是一九六四年發行的郵票，心生歡喜，想起那封唐太宗，卻已不知去向，但開始對集郵發生興趣，開始認真地去找信封剪郵票、洗郵票，很快有一些成績。

當時，雖然在彰化縣埤頭鄉，鄉下，同儕小朋友卻很多人集郵，我們都是初學者，除了把郵票用蠟紙裝妥，插在集郵冊或書本上，也用來玩遊戲，每個人拿一張郵票出來，猜全部人郵票面值總和，最靠近的，收每個人一張郵票，不限定比賽那一張。

我總是贏，因為我有一九五八年出版的總統府郵票五十元和一百元各一張，他們老猜不到，那個年代，一九四八年發行的常台十，國父像上海大東二、三版限台灣貼用，有二十萬元的，但鄉下地方看不到，我就是會用邏輯去贏人家，有點小聰明，同學說的，這個「外省的」很賊！

很賊也沒有用，老是贏一些常用金門莒光樓郵票，大家說的最沒營養的，當時大家擁有最多的郵票，就是金門莒光樓。

念初中後，已經存有一點錢，郵票也認識比較久了，開始買新郵票，也訂免費的「集郵報導」，初時，買單套，後來四方連，也就這麼多了，加上首日封、貼票卡，標準的集郵配備。

當時，同學的爸爸，是郵務人員，曾有十幾年的郵票用面值價要賣給我，可惜我資金不夠，只能買兩年份；還有某文具行老闆，也兼賣郵票，將一九六八年發行的首輪雞票全張以面值分期付款賣給我，理由是雞票不漂亮，我還是同樣理由，擁有幾天，便又退回了，只買了兩三個四方連。

這些後來也跟歷史、英文、體育老師有些交流買賣，還換了一發行當天就漲五倍的「清明上河圖」，這些都是集郵初期的樂趣，郵局標榜集郵的「怡情、益智、儲財」，當時真是奉行不渝。也沒想到四十幾年後，一輪雞版張面值五百五十元，漲到二十萬元。還有更恐怖的，十一年以後的大陸猴票版張，面值六點四元人民幣居然漲到一百一十萬人民幣。

這個時候，新竹的娘子已經上小學高年級，約是我集郵的萌發期，也懂得寫信，交流或交筆友，這事和郵票一定脫離不了關係，可惜她和我道不同，結婚以後，我和她談這事，她從來不認為郵票和集郵有什麼樂趣？也許是女生吧，但我那些集郵交流的老師，女生比較多呀！

我說，那集郵是國際認可的「王者的癖好」，把零用錢做最經濟的花用，花在嗜好上，錢還是原封不動存在，並且會增值，這樣如何？她似乎是懂了，但她說如果去買一雙心愛的鞋，穿兩次，放一輩子，也還是存在呀！應該也是不錯的事，我真是無言。

高中三年規律買著郵票，直到大學上了台北，眼界大開，集郵這件事拓寬很多，也加入集郵社團，並且當了集郵社社長，和各大專院校集郵團體多有交流，也辦了郵展，認同封、片、簡，加入中國集郵協會，還和當時的社友集郵前輩，現在是台大教授的何輝慶買了很多一九五〇、六〇年代的台郵。

初入集郵社，中國國民黨郵政黨部在一九七四年和海運公司合辦「一人一郵」運動，經由船員拓展國民外交，這事引起很大回響，當時的社長是劉學瑜，推行得力，文化學院共捐約五萬枚，是北區大專院校之最，其中我捐了萬餘枚，大概是後來我和國貿組的葉武鷹競爭社長時，社員投我勝出的原因之一。

這一萬多枚，以當時在台北，幾十家郵商，兩個月的生活費就可以辦到，但我請家裡紙廠的作業員，從廢紙堆裡尋它千百度，再統一清洗，不費分毫就辦到，但其中辛苦讓我覺得更有意義，真的是一人一郵，張張皆辛苦。

學生時代，熱情真是燃燒不完的，那時，我已是職業作家，寫文章還是要用郵寄的，收稿費也要透過郵局，還有寫、寄情書、寄郵票發行首日封，和郵票真是牽繫綿長，一直到研究所畢業，伴我好長一段時間，直到當兵，買郵票不方便，便暫時中止了。

人生的重要癖好，總是要再開啟的，約莫是一九九九年九二一前，經濟日報企劃組主任陳守煒，無意間和我談到集郵事，他是郵界的園丁，在廣播、報紙耕耘郵識幾十年，也出了三十幾本集郵書，最難得的，他的夫人也是台大同校的商科高材生，現在富邦蔡明忠麾下當副總，也寫了幾本郵書，真是夫唱婦隨，神仙美眷。

他倆女兒在 PO 本文的隔天，二〇一六年四月三十日，出閣宜蘭，那是林書煒的家鄉，我們一票郵友都會起早參加，行動祝福，順便記錄此事。

守煒和我沒怎麼聊，便進入共同熟悉園地，因為那是我的最愛癖好，雖然休息了二十年，但一旦點燃，便一發不可收拾，他幫我補齊老台幣時期以後的所有缺票，還有近代的中國版票，同時間也提供蔡詩萍一份，詩萍後來還是我兼管聯合晚報廣告業務時的同事，他是總主筆，我每天和總編輯等編務主管開晨會，從沒遇到他，但就在集郵的領域神遊著，我寫為娘子六十歲生日留紀錄這個系列，還是受他啟發。

以後，我計畫性的從國內外的拍賣會上，往前買了不少郵票，自一八七八年清朝大龍票到二〇一六年目前，所有發行正規郵票約已完成九十九％以上，未發行票、變體票、樣票、全張版票也很多，等於用實體郵票記錄中國郵票史。起初，娘子很不解，甚至有些排斥，最大的原因我想是吃醋了，因為自從我開始瘋狂買郵票時，她覺得我移情別戀，怎麼忽然就對一些古人、古物著迷，那我們的山盟海誓呢？都沒有複習，不斷荒廢掉，她經常對那些她戲稱為的臭郵票抱怨。

但就在兩年前吧，她突然不再埋怨，突然對那些臭郵票尊敬起來，原因是我擁有的郵票價值，她突然就理解了，是很驚訝的財富。也不知怎的？她著迷於我對她解說的每一套郵票歷史和全世界大拍市場沿革，有著動人的愛。

我說了我的態度曾經比較市儈，沒想到內容也因此勾動了娘子的好奇，投入真愛，也保守了我其實真正的對郵票的熱愛，真是始料未及。

很多人問我，實際的問題，集郵真的會賺錢嗎？我沒法回答，只能說這樣的文雅嗜好，如果變成商品面相，就像錢幣、書畫、陶藝、珠寶一樣，是由市場供需來決定的，每個人情況不同，總的來說，放得越久，數量會減少，貨幣會貶值，總是賺錢的機會大。

舉例來說，一八七八年清代第一套海關發行的大龍票，一、三、五分，貼一分相當於現在平信五元郵資，資費一百三十八年間漲了五百倍，可是郵票現在市值漲了超過一百萬倍，一八九八年的紅印花也是，世界著名的「小壹圓」，五年前的拍賣，漲了二千七百萬倍，當然它是當年清朝政府委託英國赫德設置海關郵務，被做了手腳，發行稀少，存世稀少。即使十年前投入，很幸運的，上該郵票仍有三到十倍漲幅，不知道會不會讓你眼睛為之一亮？

但我還是要說，集郵本身是一種嗜好和樂趣，沒有賺千百倍也還是有它的樂趣，每個集郵人都有不同目標，當計畫性完成目標後，也許會有更開闊的目標出來，成為你下一個動力，人生不就是活在這樣的氛圍裡嗎？不必太在意盈虧，量力而為，高興就好，歡迎大家加入這個園地。（照片請見臉書）

同一首歌，無盡的唱著

2016年8月初版 定價：新臺幣320元

著者	陳福壽
總編輯	胡金倫
總經理	羅國俊
發行人	林載爵

出版者	聯經出版事業股份有限公司
地址	台北市基隆路一段180號4樓
編輯部地址	台北市基隆路一段180號4樓
叢書主編電話	(02)87876242轉203
台北聯經書房	台北市新生南路三段94號
電話	(02)23620308
台中分公司	台中市北區崇德路一段198號
暨門市電話	(04)22312023
台中電子信箱	e-mail：linking2@ms42.hinet.net
郵政劃撥	帳戶第0100559-3號
郵撥電話	(02)23620308
印刷者	文聯彩色製版印刷有限公司
總經銷	聯合發行股份有限公司
發行所	新北市新店區寶橋路235巷6弄6號2樓
電話	(02)29178022

叢書主編	胡金倫
校對	陳佩伶
整體設計	江宜蔚

行政院新聞局出版事業登記證局版臺業字第0130號

本書如有缺頁，破損，倒裝請寄回台北聯經書房更換。 ISBN 978-957-08-4789-5 (平裝)
聯經網址：www.linkingbooks.com.tw
電子信箱：linking@udngroup.com

國家圖書館出版品預行編目資料

同一首歌，無盡的唱著/陳福壽著．初版．
臺北市．聯經．2016年8月（民105年）．256面．
17×23公分

ISBN 978-957-08-4789-5（平裝）

947.1 99009386